もののけ達の居るところ

ひねくれ絵師の居候はじめました

神原オオカミ Ohkami Kanbara

アルファポリス文庫

https://www.alphapolis.co.jp/

プロローグ

言葉にできるものだけがすべてじゃない。

形にできるものだけがすべてじゃない。

そういった言葉や形にできないものに出会うのは単なる偶然ではなくて、運命の領域で神様のいたずらなのかもしれない――

だから自分がその場所に導かれたのは必然で、運命であってもおかしくはない。

そんなことをぼんやりと考えながら歩いていると、瑠璃《るり》はいつの間にか立派なお屋敷の前にたどり着いていた。

この界隈で神の化身だと言われている鹿が家の中に入ってこないように、立派な格子のついた数寄屋門《すきやもん》をしっかり閉める。

「戻りました」

家の中に入ると、瑠璃の帰宅を察知したらしい家主がバタバタと足音を響かせながら駆けつけてきた。それから慌てた様子で瑠璃を出迎えつつ手を伸ばす。

「お帰り、瑠璃。それと――」

「ただいまです、龍玄《りゅうげん》先生。はい、どうぞ」

待っていたと言わんばかりに家主――画家の龍玄が差し出してきた手のひらに、瑠璃は小さな青色の粉が入った小瓶を手渡した。

「ああ――すまないな」

ありがとう代わりか、ポンポンと瑠璃の頭を撫でて、彼はすぐに踵《きびす》を返した。

その濃紺の作務衣《さむえ》の残像を目の端に写しつつ、瑠璃は買い物袋を持ってキッチンへ向かった。

荷物を片付け終わってホッと一息つこうとしたところで、龍玄の大きな声が響く。

「おーい、瑠璃！」

驚いて廊下に顔を出すと急ぎ足の足音が迫ってきている。さらに、瑠璃にしか聞こえないこの家の住人達の『声』が、あちこちで騒《ざわ》めき始めた。

『ああ、あかんあかん！　はよ逃げ、あんた』

『まずいなあ、龍玄怒ってしもたわ！』

『おお！　えらい恐ろしい顔しとるわ……』

どうやら何かが起こったらしい。『声』の言う通り、廊下の奥から現れた龍玄はさっきの穏やかな様子とは打って変わって苦い顔をしていた。

「先生、どうしたんですか、そんなに慌て――」

「筆を折られた。あの髭《ひげ》もじゃウサギめ、見つけたらただじゃおかない！」

瑠璃の言葉を遮《さえぎ》りながら現れた龍玄は、ぽっきりと折れた筆を持っていた。いまだ瑠璃の耳には、あちこちから犯人を逃亡させようとする『声』が届いてくる。

「もののけの仕業ですか？」

「ああ。あいつら、人の家に勝手に居ついて、悪戯《いたずら》ばかりしやがるな」

『もともと居《お》ったんじゃ、新参者のくせによお言うわ』

瑠璃の頭上からは、独特な渋みのある『声』が呆れた響きを含んで聞こえてくる。

「くそう、あの筆は柔らかいイタチの毛で気に入ってたのに……今度あいつの尻尾の毛むしって、筆にしてやる」

あまりにも悔しそうな顔に、瑠璃はこらえきれずに笑ってしまう。

瑠璃の耳には、『はよはよ』、『こっちに隠れたらええ』などと様々な『声』が響いている。犯人のウサギ風もののけはみんなに匿《かくま》われたようだ。

「あはは、もうどこかに逃げられちゃったみたいですよ」

龍玄は辺り一帯を睨み散らしながら口をへの字に曲げていたのだが、瑠璃の笑顔を見るとぽりぽり頭を掻いた。

よく見ると作務衣《さむえ》のあちこちに、まだ乾いていない絵の具の跡が残っている。

瑠璃が出かけている間もずっと、作業部屋に引きこもっていたのだろう。

瑠璃は、そんな龍玄の様子を見て微笑んだ。

「先生、一緒に休憩しませんか？」

「まあ……一息つくか。筆は明日でもいい」

「そうしましょう。なんのお茶がいいですか？」

龍玄は、折られた筆を腹立たしそうに見つめてから、ふんと息を吐いてポケットにしまった。

それから椅子に座ると、ムッとした顔で瑠璃へ視線をずらす。

「……もののけが嫌いな茶をくれ」

「わかりました」

もののけが嫌いな茶というのは、この家では珈琲《コーヒー》を示す。

瑠璃は龍玄の答えに笑いながら、珈琲《コーヒー》ミルを取り出して豆を中挽きにした。

瞬く間にキッチン全体がいい香りに包まれていく。挽き終わった粉を布製のフィルターにセットしてお湯を注ぐと、ゆっくりと珈琲《コーヒー》が落ち始める。

ぽた、ぽた……と珈琲《コーヒー》のしたたる音を無言で聞きながら、目をつぶって香りを楽しむ。できあがる頃合いを見計らって、瑠璃は戸棚からカップをふたつ取り出した。

「先生、できましたよ……先生？」

『――あれまあ、寝てしもうたわ。瑠璃の前じゃ、子どもと変わらへんなあ』

この家のまとめ役であるもののけが、瑠璃の頭上でくすくす笑うのが聞こえる。

温めたカップに淹《い》れた珈琲《コーヒー》を持って龍玄に向き直ると、彼は机の上に突っ伏してすやすやと寝息を立てていた。

「……先生、ありがとう」

瑠璃は突如電池切れを起こした龍玄の背に、そっとブランケットをかけた。

庭には日差しが程よく届いている。もうすぐ暑い夏がやってこようとしているのだ。

「ここに来て、もう半年近くになるのね」

『おお、もうそんなになるのか！』

淹《い》れたてで香りの高い珈琲《コーヒー》を口に含みながら、瑠璃はふうと息を吐いた。

「そうよ。あなた達とも、ずいぶん仲良くなれた気がする」

龍玄と出会い、人とは違う存在である『もののけ』が居るこの家に来た時のことを瑠璃は思い出していた――

第一章

文房具が好きだった。小さい時に連れていってもらった文房具屋で見た数々のアイテムは、当時の瑠璃の目に魔法のグッズと同等のものに見えていた。

キラキラした色の出るペン、柔らかくていい匂いのする消しゴム。可愛いメモ帳に、色がたくさん混ぜ込まれた鉛筆……

どのアイテムも、瑠璃にとって笑顔になれるものだった。

文房具という魔法のグッズへのあこがれは、中学校へ上がっても、高校へ進学しても消えなかった。文房具は日々進化を遂げて、毎日瑠璃の生活を飽きさせない。

可愛い絵柄が描かれた修正テープは、全種類を集めていまだに大事に本棚に飾っており、瑠璃の宝石箱のようなものだった。

瑠璃が年季の入った文具店に勤めて、四ヶ月を過ぎた。

大好きな文房具に囲まれて過ごすのは、とても心地がいい。

ぼんやりしていると人がやって来る気配がした。

入店者を知らせるチリチリ鳴る風鈴に、瑠璃は棚の埃を取る作業をいったん中断する。

「――いらっしゃいませ」

暦《こよみ》の上ではもう秋だというのに、まだまだ薄手のシャツ一枚でも大丈夫なほど日中は暖かい。むしろ暑いと感じる気温で、動いていると汗ばむくらいだ。

額に滲《にじ》んでいた汗をさりげなく拭き取り、エプロンについた埃を払う。入ってきたお客さんを玄関先に見に行って、瑠璃は頬を緩ませた。

「こんにちは、長谷《はせ》さん」

瑠璃の出迎えに気づいたスーツ姿の青年は、ニコニコと陽気に手を振った。

「ああ、瑠璃ちゃん居てくれて良かった。また、先生に訳のわからないものを頼まれちゃって……ほんと、人使い荒いよね」

困ったように眉毛を八の字にする長谷は、画廊に勤めているマーケターだ。彼はこの文房具屋の近くに住んでいる超売れっ子の人気日本画家、龍玄の担当をしている。

そして、人嫌いで有名な龍玄におつかいを頼まれては、ものすごく困りながら店にやってくるのだ。

「もうね、俺からしたら古代文字か外国語だよ。わかっていないのに買いに来させるのもどうかと思うんだけどさ」

瑠璃は長谷が取り出したメモ書きを見て、ふむふむと頷いた。

「面相筆《めんそうふで》と、岩蘇芳《いわすおう》の岩絵の具……ええと、番手《ばんて》はおっしゃっていましたか？」

「番手《ばんて》？　なんだろう、言っていたような、言っていないような」

瑠璃が紡ぎ出した言葉に、長谷はきょとん、と首をかしげた。瑠璃は日本画の画材の棚まで長谷を誘導する。

そこに陳列してあった岩絵の具に手を伸ばすと、二つの小瓶を選んで並べて見せた。

「『番手《ばんて》』は絵の具の、ここに書かれている番号です」

瑠璃が瓶に貼ってあるラベルを指し示す。もう一方の手に持った瓶には、同じ色でも別の数字が書かれていた。

「十段階くらいに分かれていて、絵の具の粒子の大きさが違うんですよ。だから、同じ色でも、粒の大きさの違いによって色味が変わって見えてきます」

それに長谷はなるほど、と手を打った。

「さすが瑠璃ちゃん、日本画学科出身だけあって、いつもすごく助かる！」

「いえいえ。お役に立ててなによりですよ」

「でも、その数字を言っていたのかどうか忘れちゃったから、もう一回聞きに戻らなくっちゃ……トホホだよ」

「でしたら、今度いらっしゃる時までにお手製の注文用紙を作っておきますよ」

瑠璃は、暑い中何度も家と店を往復させられる長谷のためを思って、色見本のパンフレットを取り出した。

「これに番手《ばんて》を示す番号を書き加えておいたものを用意しますから、購入希望の商品と番手《ばんて》に丸をつけて渡してくだされば、こちらで揃えておきます」

「なにそれ！　めちゃくちゃ助かるよ！」

「先生のお家に戻られるなら、面相筆《めんそうふで》の太さと毛の種類も聞いてもらえます？」

いっぱい種類があるんですよ、と瑠璃が指示した棚を見て長谷はぎょっとした顔をする。

「陳列していない筆も倉庫にありますし……在庫がなければ発注しますので」

「瑠璃ちゃんがいなかったら、俺、絶対に怒鳴られて文句言われてたと思うよ」

「画材は、驚くくらい種類が多いですよね。私も把握しきれませんから」

瑠璃は聞いてきてほしいことを、メモに書いて長谷に渡した。

「本当にありがとう！　今度ちゃんと、お礼するね」

「いえ、お礼なんてそんな……できることをしただけですから」

長谷は「二度手間だよね、これじゃ」とトホホな表情をしてから、先生が来ればいいのにと口を尖《とが》らせた。

面倒見が抜群にいい長谷は、憎まれ口をたたきつつも今一度、それらを龍玄に聞くために店を去っていく。

遠ざかる長谷の後ろ姿を見送ってから、瑠璃はふうと一息ついた。

＊

瑠璃が文房具にそして画材に興味を持ち、美大へ進んだのは五年ほど前の話になる。

好きなことの延長線上に美大を選んだのは普通だと思ったのだが、両親……特に父親は瑠璃の進路選択についていい顔をしなかった。

両親は美術大学を少し特殊な学校だと認識していたようだ。就職や結婚に影響が出るのではないか、限られた企業にしか勤められないのではないか何度も聞かれた。

女の子は普通の大学を卒業し一般企業に就職するのがいいとする両親の尺度からすると、美大は普通からはかけ離れた選択のように思えたのだろう。

それでもなぜか意地を張りたくなって、絶対に美大にいくと瑠璃は頑《かたく》なに意志を曲げなかった。それは初めてとった親への反抗だったはずだ。

親を説得できたのは、瑠璃が美大に一発で合格したからだ。それが大きな説得材料となり、瑠璃は日本画学科へ進学を決めた。

絵の才能は、あった方だと思っている。

だからその当時は、画家になることももちろん視野に入れて、期待に胸を膨らませていた。

しかし――

周りにいた鬼才・天才・変人達を見ているうちに、瑠璃は自分の平凡さに気がついてしまった。

常識破りで感性が斜め上の人しかいない集団にいれば、感化されて自分ももっと素晴らしい才能に目覚める……というわけではなかった。

刺激を受けることは多々あったものの、天才ばかりの中にいて、瑠璃は自分が平凡、よく言えば常識的であるということを思い知った。

どんなに頑張っても想像力を凝らしても、彼らのような発想力も感性も瑠璃にはなかったのだ。

それくらい、瑠璃は両親が望む『普通』の人間だった。

彼らと自分との間に線が引かれているような気がしてきたのは、学生生活も半分を過ぎた頃だ。

それは、憂鬱《ゆううつ》になるような疎外感ではなかったが、自分はこの人達とはどこか違うというのだけは理解した。両親の望む呪縛から解放されず、あがくことにも疲れ始めていたのかもしれない……

悩んでいるうちに、瑠璃は絵の才能を持っている人達がさらに力を発揮できるような画材や素材を提案し、届ける側になりたいと考えるようになった。

そこにしか、自分の活路を見いだせなかったというのが本音でもある。

困っている彼らに最善の道具を提案し、いいものがなければ自分も一緒になってあちこち探し回り、適切な素材を集める……

それは、好きな匂いの練り消しを揃えるために文房具屋を巡った、子どもの時の感覚に似ていて楽しかった。

そうして瑠璃は卒業後、迷いなく絵の具を販売する会社に就職した。

収入が不安定な画家になることを心配していた両親は瑠璃が一般企業に勤めることになったと伝えると、ホッとした顔をしていた。この時には、『普通』でいる方がいいと瑠璃自身も思い始めていた。

それから、希望していたセールスマーケティング部に、見事配属を果たしたのが約一年半前になる。

大好きな絵の具を、求めている人に届けたい。その思いが実現したようで嬉しくて仕方がなかった。

しかし就職できて喜んでいた気持ちは数ヶ月後に消えた。

周りにはいくつものノルマをこなし、多くの販売取引先を駆け巡り、鬼神のように働いている人達しかいない。瑠璃は彼らの足元にも及ばない仕事量しかこなせなかった。

勤めて半年を過ぎたあたりから、あまりの激務に身体が追い付かず、瑠璃は不眠症になった。薬を飲み、身体に負担をかけないようにしながら頑張ってみたものの、症状はさらに悪化の一途をたどった。

気がつけば食が細くなり、軽い鬱《うつ》だと診断された。

瑠璃は、こんな所でも自分がいかに平凡であるかを痛感したのだった。そして、瑠璃が会社を辞めざるを得なくなるまで、そう時間はかからなかった。

『――ねえねえ、お姉ちゃん。あの棚の下に、なんか落ちとるよお』

耳の横から小さな女の子の『声』が聞こえてきて、瑠璃はハッとした。

長谷のために色見本に番号を書き込んでいる最中に、手が止まってしまっていたようだ。

『ねえねえ』

また呼びかけられて、瑠璃はため息を吐く。静かな文房具屋の店内にお客の姿はない。周りに誰もいないことを、瑠璃は知っている。

そして、この『声』が瑠璃にしか聞こえないということも……

『あれ、聞こえへんかった? あっちになんか落ちとるで』

大慌てで瑠璃は耳を押さえたのだが、『こっち、こっちだよ』と繰り返し言われてしまう。聞こえないふりをすることにも疲れたので、仕方なしに立ち上がると棚へ向かった。

『ここや、この下にあるで』

不安で心がざわついたが、言われた通りにかがみ込んで棚の下を覗く。じっと目を凝《こ》らすと、売り物のシャープペンシルが落ちているのを発見した。

「あ、こんなに奥に落ちちゃったんだ」

かろうじて手が届く範囲にあるので、床に這いつくばるようにして手を伸ばし、シャープペンシルを引っ張り出す。

多少の埃が付いていたが、目立った傷や汚れは見当たらない。商品として問題がないようで安堵する。

落ちていることを教えてくれた『声』に、お礼を言いたい気持ちはある。しかし、誰もいない空間でひとりごとを呟いていたら、おかしい人だと思われてしまう。

なので、瑠璃は散々迷った挙句、うんと頷くだけにとどめた。

その行為をお礼だと受け取ったのか、幼い少女の『声』が嬉しそうにくすくすと笑うのが聞こえてくる。

『ふふふ。どおいたしまして』

今まで自分が立っていた棚の辺りを見るが、そこにはなにも誰もいない。

「……ほんと、私どうしちゃったんだろう……」

瑠璃にはこうして時々、不思議な『声』が聞こえる。

誰のものかわからないが、小さい子どものような声だったり、やけにしわがれた声だったり、様々だ。

そして瑠璃はそんな不可解な幻聴に、ずっと苦しんでいた。

「やっぱり、どこか私……」

瑠璃が無茶をしすぎた時や、コンロの火を点《つ》けっぱなしにした時、忘れ物をした時など、困った時に教えてくれて助かったことはある。

だが、不注意があった時くらいで、普段からこうもはっきりと聞こえるわけではなかったのだ。

幼い頃や学生の間は、空耳《そらみみ》の領域だと思えるくらいの頻度だった。仕事に忙殺される日々になれば、忙しさの方に神経が削《そ》がれ、『声』はほとんど聞こえなくなっていた。

それなのに、ここ最近はまるでストッパーが外れたようにあちこちから色々な『声』が聞こえてくる。

その現象は瑠璃の神経をさらに尖《とが》らせ、気力を削《そ》いでいった。

聞こえていないと思えば思うほど、それらの正体不明の『声』は聞こえてきてしまう。

医者に相談しても検査で聴覚に異常は見当たらず、ストレスから来る幻聴だと言われてしまうだけだ。

投げやりに診断されたのではないかと思い、医者を数軒回ったのだが、どこでも結果は同じだった。

この生きにくい世界で、ストレスがない人間なんているのだろうか……

そんなことを考えながら作業に戻り、岩絵の具の色見本のパンフレットに丁寧に番号を手書きで付け加えていく。

「これがあれば、次回からはもっと長谷さんは楽になるかしら？」

しかしパンフレットに載っていない岩絵の具ももちろんあるわけで、記載されていない品番や他社メーカーのものも集めるとなると、今日一日の仕事はこれだけで終わりそうだ。

『――瑠璃、忙しいやろ？　少しは休憩せんと、また体調崩すで？』

瑠璃はしわがれた『声』に注意されて、思わず眉根を寄せる。

声の主は、まるで瑠璃が体調を崩していることを知っているかのような口ぶりだ。しわがれ『声』は、ずっと昔から瑠璃に声をかけてくる。そして、こうして心配そうにお節介を焼いてくるのだ。

『ほれ、昨晩だってろくに眠ってないやろ？』

話しかけてくるのは、自分が生んだ妄想なのだろう。

いくら聞こえないと思い込もうとしても、現実として聞こえてしまう。無視したらいいと医者に言われたけれど、こうして無視できないほど口出ししてくることもあるのだ。

特に、いらぬお世話を言い始めた時のしわがれた『声』は、瑠璃にどんどん話しかけてくる。そうなると、それを聞こえないと思い込む方がもはやストレスだ。

「大丈夫」

無視できる限界を超えた時に、やっと瑠璃は返事をした。

「忙しくないもの、以前に比べたら」

『せやけど、無理せんでな』

自分の妄想に自分の身体を心配されるなんて、と瑠璃は苦笑いを噛み殺した。

このしわがれた『声』の主はきっと自分だ。

疲れすぎた自分が、いくつもの別人格を形成している。

(でもね、忙しくても、楽しかったの。仕事はすごく好きだったんだもの……)

瑠璃はため息を吐くと、また別メーカーの岩絵の具のパンフレットを取り出して品番をチェックしていく。

仕事が楽しかったという思いに、嘘偽りはない。

好きなことに携われている自分をとても誇らしく思っていた。普通に仕事をこなしていることが、なによりも自分自身を安心させていた。

毎日我を忘れるくらいに目まぐるしく、気がつけば帰宅は深夜、翌朝も早朝出勤というのはざらにあった。

「好きだったの、仕事……」

忙しいことは、充実していることと同じだと思っていた。だが気がついた時には眠れなくなっていて、デスクに座るとなにもしていないのに涙が流れていた。

上司は瑠璃の様子がおかしいことに気がつくと、病院での検査を勧めた。

瑠璃が軽度の鬱《うつ》と不眠症という診断書を持って出社すると、迷わず休職を提案してくれた。

彼が瑠璃を心配してくれたのは確かだったし、周りも体調を気遣ってくれたと思う。なのに、陰でなにか言われているのではないかという不安が拭い切れず、人の目を見ると不信感を募らせるようになってしまっていた。

誰かが陰で話していると、自分のことを言われているのではないかという恐怖にかられ、背中にびっしり冷や汗が滲《にじ》んだ。

(そうだ、父さんと母さんが言い争っていたのがすごく心に残っていて――)

それは瑠璃がまだ幼く、妹が生まれてすぐの頃。怖い夢を見て起きてしまって、リビングの明かりを頼りに両親を探しに行った時のことだ。

二人はリビングの机に向かい合って座っていた。

『……瑠璃はどこか変だわ。誰もいないのに一人で会話しているなんて、普通じゃないと思うの。桃子はなんともないのに』

病院に連れていこうと提案する母親の顔は、泣いて目が赤く腫《は》れていた。扉の外でその光景を見てしまい、声をかけるのをためらって立ち尽くした。

『あの子、とにかく変よ』

聞いてはいけないことを聞いてしまったような気持ちになって、すぐさま部屋に戻った。


(──もう、『声』が聞こえても話しかけないようにしなくっちゃ)

そうして瑠璃は、聞こえてくる『声』を徹底的に無視するようになったのだ。

聞こえないふりをしていると、瑠璃を見る時にどこか不安そうだった母親の顔がだんだん明るくなっていく。

(あんな風に私が我慢できていれば、こんなことにならなかったかもしれないのに──)

会社の人達が、瑠璃のことを悪く言っていたかどうかは、わからない。
しかし、瑠璃を見る目の奥には、あの時の母親と同じように疑いがちらついている
のがわかった。だからこそ、瑠璃は会社にいられなくなってしまったのだ。
(好きなことをしていて楽しかったのに、どうして、ダメになっちゃったんだろう)
自分はどうしてもう少し頑張れなかったのか。
どうして我慢して勤められなかったのか……
すべての責任は自分にあると瑠璃は感じていた。
『あんまり自分を責めん方がええで』
(でも、あんなにみんな優しかったのに……)
しわがれ『声』は、瑠璃の気持ちを察して慰めてくれる。幻聴に励《はげ》まされたところ
で、自分自身を甘やかしているようにしか思えなかった。
『ああ、泣いたらあかんで。ほら、涙拭き』
言われて、いつの間にか涙が出ていたことに気がついた。
ぽつんと一滴、パンフレットの一部に涙が落ちて染みをつくっている。それは、
きっとあっという間に蒸発して、なにもなかったかのように消えていく。瑠璃はそれ
を見ていられなくて、手で拭ってしまった。

手描きの注文番号を書き込んだパンフレットを何冊か用意し終わる頃に、再び長谷が店に顔を出した。

困ったように八の字になった眉毛を見て、また龍玄に難題を言われたのかなと瑠璃も苦笑しながら出迎える。

「長谷さん、お茶でも淹《い》れましょうか？」

「瑠璃ちゃんほんとに助かるよ。先生の所は、お茶どころかもはやなにがなんだか……」

長谷はカウンター前の丸椅子に腰を下ろすと、疲れたー！　と息を吐き姿勢を崩してネクタイを緩めた。

「たまにお茶を出してくるんだけど、なんのエキスから抽出されたのかわからないから、とてもじゃないけど飲めないんだよ」

「それは……困りますね」

長谷はよっぽど疲れたのか、龍玄の屋敷の凄惨さを伝え始める。

瑠璃は頷きながら曖昧《あいまい》に微笑んで冷たい麦茶を渡した。

「困るなんてもんじゃないよ。先生の屋敷はほんとうに散らかりすぎててさ～」

「あはは、長谷さんいつも困っていますよね」

「そうなんだよ。あんなに立派なお屋敷なのに、もったいなさすぎる」

軽口を叩きながら、長谷はワイシャツの胸ポケットからメモ用紙を広げて瑠璃に見せた。

「あ、これがその番手《ばんて》？　らしいんだけど……ごめんね瑠璃ちゃん。俺にはさっぱりで説明ができなくて」

大丈夫ですよと瑠璃はにっこりする。

さらりとした筆致でメモに書かれていたのは、瑠璃にとっては見慣れた内容だった。

即座に脳内で先ほどのパンフレットの商品と一致させる。

「ええと、こちらは今お店に在庫がないので、取り寄せます。おそらく、三日から四日ほどで届きます。届いたら、長谷さんに連絡入れますね」

瑠璃はすぐに取り寄せ伝票を用意して、商品名を記入した。それからメモに書かれていた岩絵の具を探しに行き、店頭にないので裏の倉庫から探して持ってくる。

するとそんな瑠璃の動きに、麦茶を飲み干した長谷が拝むように手を合わせた。

「もう、瑠璃ちゃん最高だよ。っていうかさ、やっぱり先生が買いに来たらいいのにね！」

「ですが、龍玄先生は人嫌いで有名ですし……」

「そうだけど、少しくらい屋敷から出た方がいいと思うんだよね」

「引きこもった方が、いい作品が描ける時もありますよ。それに、長谷さんがいてくれるから、きっと先生も安心しているんだと思います」

長谷は二杯目の麦茶を噴き出しそうになりながら、ないないと大げさに手を振ってみせる。

「安心もなにも、俺はただの営業だよ。使いっ走りじゃないっていうのにさ！」

「長谷さん、面倒見がいいから」

「そうなんだよね。それが俺の美徳であり、欠点でもあるというか。だからって、こんなにおつかいを押し付けられるとは思ってもみなかった」

また長谷は眉毛を八の字にして愚痴をこぼした。ただ妙な愛嬌と明るい声のせいで、愚痴があまり愚痴に聞こえないのがすごい。

瑠璃がくすくす笑うと、長谷はまた大仰に眉毛を八の字にしてみせる。

「先生が新作を描いてくれるって言うから、俺だって頑張って通ってるけど、そうじゃなきゃおつかいなんてごめんだよ。先生が言っている言葉のほとんどが、呪文みたいなんだもん」

「それだけ、長谷さんが頼られているっていうことです。人嫌いで有名な先生に気に入られるなんて、なかなかできないことだと思いますよ？」

「だったら日頃の感謝を込めて、俺に特別に一枚くらい描いてくれてもいいんだけどな〜」

長谷は瑠璃の渡した伝票に名前と電話番号を記入し終わると、だらんと脱力した。

そう、さびれたという表現がしっくりくる年季の入った文房具屋に、長谷がこうして足しげく通う理由はたった一つ。彼が肩入れしている龍玄が好む画材が置いてある文房具屋が、この辺りではこの店しかないからだった。

昔ながらの文房具屋は、たいがい大きなショッピングモールのせいで潰れてしまい、生き残っているところは画材専門店のようになっているのがほとんどだ。

この文房具店は、後者に近い立ち位置だった。そのおかげもあって、龍玄のご用達《ようたし》になっている。

「どんなに早く描ける人でも、描ける時と描けない時の差ってありますから。こうして絵の具を購入しているくらいですから、きっとなにか描いているんだと思いますよ」

世界がひっくり返るほどの天才でも、スランプの一つや二つはある。瑠璃は絵を描く立場の人間が、どんな苦労を抱えているか重々承知していた。

そうなんだけどね、と長谷は机に突っ伏した。

「もうさ、決まっているんだよ来月の個展。なのに新作が一枚もないんじゃ、秘蔵過去作品展に変えなきゃだよ。あー、もうほんと、人嫌いなのはわかるけど、じゃあ俺のことをこき使うのはなんでよまったく」

瑠璃は苦笑いをしながらもう一杯麦茶を注ぎ、お茶請けを出す。すると長谷はまるで少年のように目を輝かせて、「瑠璃ちゃんほんと気が利《き》く!」と小さなチョコレートを美味《おい》しそうに頬張った。

文句を言っているものの、長谷はなにかと世話焼きで人懐っこい性格なので、気難し屋の龍玄も心を許しているように瑠璃には思えていた。

しかし、実際長谷は経済学部出身のため、絵画や画材についての知識は瑠璃や龍玄には確実に劣っている。画材の注文を頼まれては、その度に謎の呪文みたいだと困っているので、いつの間にか瑠璃が手助けをするのが当たり前になっていた。

「俺はさ、瑠璃ちゃんが龍玄先生のところで助手をしてくれたら、最高だと思うんだよね」

長谷が身を乗り出してくる。

「引っ越しとか再就職先とかで、瑠璃ちゃんすごく悩んでいるもんね」

「そんなお話を振っていただけるなんて、私が化け物になるくらいの確率でありえませんよ」

長谷は先生だって化け物みたいなもんなんだから大丈夫だよ、と訳のわからない理由付けをして笑い飛ばす。

「瑠璃ちゃんにその気がなくても、先生がいいって言うかもしれないし」

「いえ、私はそんな大それたことできませんから」

瑠璃がうつむくと、長谷はそれ以上触れず来月開かれる龍玄の個展について話題を移した。それからしばらく、絵のことで長谷と話し込んでしまった。

盛り上がっていたところで、時計を見た長谷が「いけないっ！」と言って慌てて立ち上がる。

店の入り口まで見送りながら、瑠璃は作成したばかりの手作りの注文用紙を渡した。

「もうほんと、瑠璃ちゃん神様！」

長谷は瑠璃を拝むようにしてから、龍玄の屋敷へ小走りで戻っていった。

そろそろ店じまいの準備をしなくちゃと瑠璃が思っていると、店の奥さんが出てくる。

「あら、にぎやかだと思ったら、やっぱり長谷さん来ていたのね」

「はい、龍玄先生のおつかいで」

旦那さんが経営していたこの店を、旦那さんと死別してから一人で切り盛りしている奥さんは、穏やかで感じのいいグレイヘアがよく似合うマダムだ。

県をまたいだ都市部でマンションの大家《おおや》をしており、収入に困っているというわけではない。なので店は畳んでもいいのだが、旦那さんが愛した店だからということで残していた。そのため、専門の画材を扱いつつも、一般の人が使うような文房具も取り揃えているという訳だ。

「瑠璃ちゃん、戸締りしたらもう上がっていいわよ。今日は、長谷さんだけでしょう、お客さん」

「はい。じゃあ、シャッター閉めてきますね」

瑠璃は店の前へ行き、長い棒を使ってガラガラと上からシャッターを引っ張り下ろす。戸締りを確認し、すべての出入り口と窓の施錠をすると店の電気を消した。

（また明日……）

誰もいない店内に、さようならとお辞儀をする。

『また明日な。お姉ちゃんが来るの楽しみに待っとるで』

するとまた女の子の『声』が返事をしてきた。瑠璃は唇をきゅっと引き結び、すぐに裏口から店を出ると急いで帰路についた。

＊

瑠璃が現在住んでいるのは、四ヶ月前まで働いていた職場の社宅だ。それまでは、本社に近い都市部の社宅に住んでいた。

休職してから、瑠璃は実家に戻らず本社から少し離れた場所にある別の社宅に引っ越しした。県をまたぐため割安で借りられるということで、実家を頑《かたく》なに拒《こば》む瑠璃に上司が提案してくれたのだ。

本当は、すぐに会社を辞めるべきだった。けれど、環境を変えて少し落ち着いたらまた復帰できるかもしれないから、という上司や同僚の提案をむげに断ることができなかった。

そういう理由で、鹿がたくさんいる奈良の社宅へ引っ越したのが、四月の終わりのことだった。

引っ越してすぐは緊張で眠れない日々が続いたのだが、都会の喧噪《けんそう》から離れてしばらくすると、だんだん瑠璃は落ち着きを取り戻した。

それほど遠くない場所に実家があるのに、瑠璃が一人暮らしを続ける理由はいくつかある。

その一つが、実家に帰ろうと思って両親へ連絡をした時に味わった、なんともいえない胸に広がるえぐみだ。

——あの時の感情を、いまだに瑠璃は引きずっている。

「鬱《うつ》になるなんて心が弱いからよ」

会社を休職するという事情を電話で説明した時の母の言葉だ。

瑠璃が自分自身を甘やかしているという一点張りで、両親は一切話を聞いてくれなかった。それで、実家に帰れなくなった。

もちろん、悪いのは心が弱い自分なのだけど……

引っ越しの後、一ヶ月の休みを申し出て静かな古都で過ごすようになると、ささくれ立った心も若干静まった。

しかし、休職期間を終えて意気込んで出社した瑠璃を待ち受けていたのは、会社の前で立ち尽くしたまま動けず、ぼろぼろと流れる涙を止められない弱いままの自分だった。

そのまま足早に引き返し、上司に連絡を入れて休むことを告げた。

──あの時、なぜ立ち尽くしてしまったのかも、泣いてしまったのかもわからない。

会社に行くことは怖くなかったし、仕事は楽しかったはずだ。それなのに、瑠璃の両脚は、頑《かたく》なにこわばって動くことができなかった。

いたたまれない気持ちのまま、初夏を迎える前に退職願を出した。

結局、大好きだった仕事を、一年勤めただけで辞めてしまった。

瑠璃を心配した上司は、家が見つかるまでは今の場所に住んでいても問題がないように、会社に掛け合ってくれた。

瑠璃は会社と上司の対応に甘えてしまって、いまだ元勤め先の社宅に半年を上限に住まわせてもらっている。

(こんなことをして甘えてばかりいてはダメだもの……)

年内をめどに出ていくと言ったのは瑠璃自身だった。自分でタイムリミットを設けて社会復帰しようと決めたのだ。

なのに、再就職先が見つからないまま、瑠璃は文房具屋でアルバイトを続けている。

社宅を出ていくと決めた年末まで、あと数ヶ月に迫っている。

それまでに、どこかへ引っ越しをしなくてはならない。きちんと社会復帰することすらままならない自分がどうしても納得できず、つらかった。

（……復帰できると思っていたんだけど……。私、ずいぶんと自分を甘やかしすぎてしまったんだ）

電車に乗って、流れていく窓の外ののどかな景色を眺めた。その風景は瑠璃の心を癒《いや》すと同時に、心に緩みを作ってしまっていた。

（ダメだって思うのに、このままでもいいと思ってしまう自分がいるのよね）

今働いている文房具屋を見つけたのは、引っ越ししてすぐのことだった。

気分転換に散策していると、大通りから一本入った脇道で文房具の看板が目に留まり、懐かしい思いにいざなわれるまま、店内にふらりと立ち寄ったのだ。

それから奥さんと話すうちに、この店でアルバイトをしたいと申し込んだのは、本当に自然な流れだった。

まだ会社を辞めてそれほど経っていなかったのだが、働くことで当面の生活費の不安を埋めたかったこともあるかもしれない。

退職金は雀《すずめ》の涙ほどで、仕事を辞めるとお金の問題が瑠璃を苦しめた。

次の働き口が見つかるまで、アルバイトで食いつなぐ方法しか思い当たらなかった。

文房具屋の奥さんは、なにも言わずにじゃあお手伝いお願いねと言って快く雇ってくれた。震える声で返事をした瑠璃の肩に、置いてくれた手の温かさに救われた。

――そして、千円に満たない時給が、瑠璃の今の価値だ。

泣きごとを家族に言えず、まだ会社で働いていると嘘をついている。

そのため、働いてから毎月続けている実家への仕送りを、やめられずにいた。

これ以上、誰にも迷惑をかけたくない。

（でも、もうすぐ、貯金も底をつく……）

冬が近づいていることに加えてお財布の寂しさもあり、心の中には世の中と同じように木枯らしが吹いている。最寄り駅に着くと、大きくため息を吐いた。

明日に不安しかない世界で、自分だけが被害者でいるわけにはいかない。

自分がこの世で一番つらいなんてことはないとわかっている。でも、やっぱりつらかった。

（早く、新しい仕事と家を探さないと。いつまでも被害者ぶっていても仕方ない）

『そんな急がんでもええんちゃう？　あんまり急ぐと危ないで』

瑠璃の耳に聞こえてくる『声』は、いつも優しい。

誰かに優しくされたいという思いが、こうして妄想となって別の人格を形成して話しかけてくるのだろう。

卑屈な考えを追いやるように首を横に振って、瑠璃は冷たくなり始めた空気を胸いっぱいに吸い込んだ。

(ダメダメ。あんまり意気地《いくじ》なしなことを考えたら!)

夜には気分転換に読書をして過ごそう、と気持ちを切り替える。

奥さんの貸してくれた名画の謎に迫った本を読んで、夢の中くらいは美しい絵画が広がる中世の世界に出かけたいと願いながら帰宅した。

＊

「瑠璃ちゃん、そういえば新しいお家決まった?」

翌日、瑠璃が出勤すると、奥さんがニコニコしながらお茶の用意を始めた。

商品棚のレイアウトを変えようと眉間にしわを寄せながら腕組みをしていた瑠璃は、

「まだなんです」と苦笑いをする。

「そう。私のマンションのお部屋が空《あ》いているけれど、ちょっとここからは遠いものねえ」

いざとなったら奥さんが一室を貸してくれるというのだが、それは喧噪と雑踏が良く似合う大都会にある。

仕事先が決まるまでは、まだこの文房具屋でアルバイトを続けたい。なので近くで物件を探しており、ありがたい提案だったが断っていた。

「この辺りでいいお家ないかなと思って、私も探しているんだけど。あんまりなのよね」

瑠璃の内情を知っている奥さんは、住まいについて真剣に悩んでくれているらしい。

それが嬉しくも申し訳なくて、慌てて頭を下げた。

「お手を煩わせてしまって申し訳ないです」

「いいのよ。私がしたくてしていることなんだから」

奥さんが困るのも当たり前のことだ。この文房具屋がある周辺は観光地というだけあって土地代が高く、今の瑠璃の経済状況的に難しい。お財布事情から、二の足を踏んでしまっている状態だ。

「昨日新しく入居した方からいただいたお菓子があるの。瑠璃ちゃん一緒に食べましょう」

「いただきます！」

奥さんが用意してくれたお茶菓子と、温かいほうじ茶に瑠璃は手を伸ばした。

今日もこの文房具屋はとても静かだ。下界から切り離されたという表現がしっくりくる。公民館で開催される絵画教室用の画材を買いに、地元のご老人や近くの小学生が立ち寄ることがしばしばある程度で、客足は遠い。

それくらいが、人を見ると疑心暗鬼に陥《おちい》ってしまう瑠璃としてはちょうど良かった。

「今日は、長谷さん来ないわね」

「昨日いらしたばっかりですから。商品が届いたらまた顔を出してくれますよ」

この店では、龍玄が一番の固定客なのは間違いなかった。

にもかかわらず、瑠璃は勤めて四ヶ月経った今も、龍玄本人の影すら見たことがない。いつも困った顔をした長谷が、眉毛を八の字にしながらやって来るのみだ。

姿を見たことはないが、瑠璃は龍玄という人物がどういった画材を好むのか熟知していた。それくらい長谷は頻繁にこの文房具屋を訪れていたし、龍玄の制作状況は注文の具合からして想像できる。

「そういえば、今月号の美術雑誌に龍玄先生載っていたわよ。持ってくるから店番中に見る？」

奥さんが店の奥にある家の中から持ってきてくれた美術雑誌の巻頭ページに、龍玄の特集が組まれていた。瑠璃は雑誌を受け取ると、すぐにぺらぺらめくる。

「この絵のどれかが、うちで扱っていた絵の具で描かれているのかと思うと、なんだかワクワクするわね」

龍玄の作品が美しいカラー写真で何枚も載せられており、拡大図はページから今にも飛び出してきそうな迫力がある。あまりの美麗さに瑠璃は息を吸うことさえ忘れて魅入ってしまった。

「瑠璃ちゃん、店番頼んでもいい？」

奥さんは用事があって出ていくと瑠璃に言い残して、雑誌を置いてまた家へ戻っていく。瑠璃は見送ってから再度雑誌に手を伸ばした。

『――すごい人やなあ、こんな特集されて』

急に耳元からしわがれ『声』で感嘆のため息が聞こえてくる。瑠璃は無視したい気持ちとは反対に、思わず小さく頷いてしまっていた。

(すごい人に違いないの。私が美大にいた時から、雲の上の人だったんだもの)

描かれた絵の美しさはもちろん、独特な世界観と本人自身の美貌が注目され続けている日本画家、それが『龍玄』という人物だった。

美術を多少なりともかじっている人であれば、龍玄の名前を聞いたことがないわけがない。それほどまでに、近年では特別に有名な人物だった。

そして瑠璃も、もれなく龍玄の作品にほれ込み、あこがれている一人だ。

特集の見出しに使われている渋いフォントを、瑠璃の指がなぞる。

「もののけ画家、龍玄……」

緑色のもみじを背に、肘をついて座る和装姿の髪の長い麗人。すっと通った鼻筋が、美しくも神経質で、人嫌いを体現しているかのようだ。

時代劇に出てきても違和感がないような、凛々しくて飄々《ひょうひょう》とした雰囲気が写真からも伝わってくる。

彫りと目鼻立ちがくっきりしており、温厚そうな目元とは反対に、瞳の奥には人を寄せ付けない鋭さが秘められているように見えた。

（元々、抜群に絵が上手な人だった。それが四年前くらいから、いきなりこういった絵を描き出して……）

瑠璃は雑誌に掲載されている作品の一部を凝視する。そこには、柔らかな羽毛に覆われた奇妙な生き物が印刷されていた。

——描かれているのは、この世のものならざるもの達の姿。

翼が複数ある鳥に、イタチや狸《たぬき》に似ている生き物。かと思えば、提灯《ちょうちん》や傘や鬼のような姿まで、龍玄が描く『彼ら』は表情豊かで、自然界に生息している生き物とは違った形や仕草をしている。

この世に存在しない生き物なのに、本当にいると言われても納得してしまうほど違和感がないのだ。

（不気味だけれど、ひょうきんでリアル……本人もびっくりするくらい格好良いから、より一層注目されたの）

小見出しには、『もののけについての対談』と書かれていた。

そう、龍玄が画題とするのは、『もののけ』と呼ばれるもの達だ。

妖怪と表現されることを龍玄は嫌いだと公言している。そして、いつの間にか世間では『もののけ画家』と呼ばれるようになっていた。

それまでの龍玄はとっつきにくい印象と刺々《とげとげ》しさばかりが目立っていた。しかし、『もののけ画家龍玄』という通り名がついたことによって、描かれた化け物達に親近感を抱く鑑賞者が一層増えた。

彼によって生み出された数々の作品は、すでに日本の有名な美術館にも所蔵されている。海外の学芸員も買いつけたことでファンが急増し、さらに知名度に拍車がかかった。

その人気ぶりは飛ぶ鳥を落とす勢いだ。

（だけど、原画を販売しないのよね。なんでかしら……？）

龍玄は基本的に原画販売をしないため、レプリカ一枚の価値が高い。

雲の上の人であるが、瑠璃は龍玄に親しみを覚えていた。それは、たまたま彼の担当をしている長谷がやってきて、龍玄のことを伝えてくれるからであり、なにより彼の使う画材を自分が揃えているからだ。

しかし実際には、口をきくことすら叶わない。

「すごいなあ、こんな絵を描けるなんて。ほんとに、この人が近くに住んでいるなんて信じられない」

『この先生はすごいけど、瑠璃もえらいきれいな絵を描くやないか』

（違う……私の絵はダメなのよ）

同じ日本画を描く人間として、龍玄が瑠璃につきつけるのは、才能の違いだ。瑠璃は彼の絵を見る度に、自分がいたって平凡であるといつも思い知らされるのだ。

＊

予定よりも一日早く、龍玄が頼んでいた筆が店に届いた。すぐさま瑠璃が長谷に連絡をすると、二時間後には店に顔を出せるという。

お茶の用意をしながら、品物をきれいに包み直して長谷の到着を待った。

「――瑠璃ちゃん！」

チリンチリンと店の入り口の風鈴が鳴って、長谷が手を振りながら嬉しそうな顔をして入ってきた。

先日と同じようにまだまだ外は暑いようで、上着を腕にかけながらいつも以上にニコニコしている。瑠璃は軽くお辞儀をしてカウンターの近くの椅子まで案内した。

「長谷さん、お待たせしました。全部揃いましたよ」

「良かった！　これさえあれば、きっと先生は新作をガンガン描いてくれる……はず！」

お茶をゴクゴク飲み干すと、長谷は外回りで起きた出来事や展覧会中の絵の話、顧客の面白い話を聞かせてくれる。

身振り手振りも交《まじ》えながら、かなりオーバーリアクションで話すので、長谷の話を聞くのは、瑠璃の楽しみの一つだ。

両手を広げながら話をしていた長谷が、カウンターの隅に置いてあった雑誌に気がついて口元を緩めた。

「あ、あれは龍玄先生が載っている雑誌？」

「そうです。手が空いた時に読んでいたままにしちゃってて」

瑠璃は雑誌を持ってくると長谷に手渡した。

「ほんと、先生はすごいんだよ。これなんか、本物を見た時俺は鳥肌立ちっぱなしでさ」

ぺらぺらとめくりながら、長谷が嬉しそうに雑誌を見つめる。その姿からは、龍玄の描いた絵が好きという気持ちがよく伝わってくる。

「感動したんだよね。俺初めてだよ、絵を見て感動したのなんて。だから、先生の所に通い詰めているんだけど！」

先生はすごいんだけど、ときちんと前置きをした後に、長谷は龍玄の写真を見て困ったように口を曲げた。

「伸びっぱなしの髪には目をつぶるけど、顎の無精髭《ひげ》は個展が始まる時に剃《そ》らせないと。げ、なんか俺が小姑《こじゅうと》みたいだな！」

写真うつりは素晴らしいし実際見ると男の俺からしても男前なんだけどね、と長谷が羨ましそうな顔をした。

「撮影の時くらい髭《ひげ》を剃《そ》ってくれって、何度注意したことか……はあ、今回も絶対にやらせなくっちゃ！」

「長谷さんは、いい小姑《こじゅうと》だと思いますよ」

「先生の顔面を拝もうとして、遠方からわざわざやってくる女性ファンを悲しませるわけにはいかないいんだよね、主催側の俺としては！」

鼻息荒くそこまで言ってから、長谷は「あ！」と目を見開くなり、大慌てで鞄の中からぺらりと紙を一枚取り出して瑠璃に渡した。

「瑠璃ちゃんにあげようと思っていたんだ。うっかり忘れるところだった！」

「え、これっ――……」

差し出された小さな紙を受け取る。印刷された文字をまじまじと眺めると、思わず動悸が激しくなった。長谷と紙に視線を交互に向けると、長谷はにっかりと微笑んだ。

「龍玄先生の来月の個展のチケット。これはエキシビション用だから、一般のお客さんが入れない特別なやつ」

「そんな……」

「瑠璃ちゃんに一枚プレゼントだよ。それに、来てくれたら先生も紹介するね」

瑠璃はもう一度そのチケットを穴が開くほど見つめた。

『エキシビション』の文字とともに非売品の文字がやけに目立つ。「一般のお客様は入れません」と丁寧に注意文まで印字されていた。

「長谷さん……こんな貴重なもの、私がもらっていいんですか？」

「瑠璃ちゃんだからいいんだよ。いつもお世話になっているし、瑠璃ちゃんがいなかったら俺ほんと、毎日泣いていたよ。先生の要求する画材の、筆の一本もわからないんだもん」

「でも私、画材を注文しただけで……」

「いいの！　俺は瑠璃ちゃんに助けてもらったんだから、お礼がしたいの。受け取ってよ」

　長谷は白い歯を覗かせながら、人好きのする笑顔になる。

「まあ、お礼と言ってはあれだけど……ほら、瑠璃ちゃん最近ずっと悩んでいるみたいだから、気分転換になるかなって」

　瑠璃が社宅から出て行かなくてはいけないことも、再就職先に悩んでいることも長谷は知っている。それを気にかけてくれた優しさが、瑠璃の心に沁《し》みた。

「もちろん無料だし、カクテルとおつまみも出るから、おめかしして来てほしい」

「嬉しいです……エキシビションに行けるなんて、夢みたい」

「そんなに喜んでくれるんだったら、渡したかいがあるなあ。この日なら招待客しか来ないから混雑もしないし、ゆっくり先生の作品を見られるよ」

長谷は瑠璃が龍玄の絵が好きなことをよくわかっている。長谷の気持ちが嬉しくて、瑠璃は泣きそうになっていたのを必死にこらえていた。

「きっといい展覧会にしてみせるから」

「はい、楽しみにしています」

ニヤリと笑って、丁寧に梱包した品物を受け取ると長谷は店を去っていく。

入り口の外までついていき、後ろ姿が見えなくなるまで見送って瑠璃は店内に戻った。

早足にカウンターに近寄ると、置いておいたチケットを見て再度胸のドキドキが止まらなくなる。

「嘘……いいの、私が……？」

幻ではないかとチケットに触れてみたが、しっかり本物だ。鏡を見なくても、自分の顔が真っ赤になっているのがわかる。

もらったばかりの特別なそれを、無くさないように財布の中にしまうと鞄のチャックをしっかり閉じた。

大学時代からあこがれている作家の作品を鑑賞できるとあって、瑠璃はその日の残りの時間、夢を見ているようにふわふわと足元が浮いている感覚だった。

『――ほなな、ええことあったやろ?』

「うん……すごく嬉しい」

閉店前に箒で床を掃《は》いていると、得意げに話しかけられる。瑠璃は思わず相槌を打ってしまうほど気が緩んでしまっていた。

たくさん龍玄の絵を見られるという嬉しさに、瑠璃は胸がいっぱいになった。

『そうや、笑う門には福来《きた》るやで。そうやって笑顔でおったら、ええことぎょうさん来るさかい、心の中いーっぱいに幸せを詰めとき』

瑠璃は込み上げてくる喜びを抑えきれず、何度も一人で頷いて顔を赤くさせた。

＊

まだ幾日も日はあったはずなのに、気がつけば長月《ながつき》の月末を過ぎ、楽しみにしていた龍玄のエキシビションの日になっていた。

楽しみなことがあると、時が過ぎるのは猛烈に速い。

数日前から服装に悩みぬいた挙句、久々に着物に袖を通すことにした。

一見地味に見える留紺の着物を着ると、まるで待っていたと言わんばかりにふわりと肌に馴染んでいく。

「ごめんね、なかなか着てあげられなくて」

母のお花の稽古《けいこ》に小さい時から参加していたため、着物には親しみがある。稽古《けいこ》は厳しくてつらかったのだが、着物は好きだった。

『お！　着物はやっぱりええなあ』

瑠璃はウキウキしていたのだが、今日は聞こえてくるしわがれ『声』も一段と嬉しそうだ。

ワクワクしすぎて震える手先を何度も胸の前に当てて、慣れた手順で着物を着始める。きれいなものにしておいた襦袢《じゅばん》の襟《えり》を伸ばし、お太鼓をほんの少し小さめに結びあげた。

『お化粧はせんの？』

瑠璃は『声』に指摘されてハッとした。

襟元に手ぬぐいをかけてから、いざしようと鏡の前に座った。しかし、普段から化粧をするタイプではないため、やり方がわからずに手が止まる。

結局いつも通りのお化粧に、申し訳程度に頬紅を足した。

（あんまり得意じゃないのよね。桃子に教わっておけば良かったな）

妹の桃子は、美容の専門学校へ進学した。そのためかなり華やかで明るく、さらに言えば今どきの印象を与える見た目だ。

おしとやかといえば聞こえはいいが、地味な瑠璃とは正反対でもある。街を歩いていても、姉妹に見られたことはない。

（まあいっか。あんまり私がすると、顔だけお化けになっちゃうから）

大事な時には桃子に身だしなみのチェックと調整を頼む癖がついている。瑠璃は自分が妹にまで甘えていることを自覚した。

そんな仲良しだった桃子とも、近頃は連絡をあまり取り合っていない。

厳しい美容の世界で頑張っている桃子には、自分の現状が後ろめたくて言えなかった。桃子がそんなことを気にする性格ではないとわかっているのに、どうにも気が引けてしまっていた。

『落ち込んでる暇ないで。ほれ、顔上げてしゃんとしい。瑠璃はそのままでも美人なんやから、張り切って行けばええねん』

鏡の前でうつむいてしゅんとしてしまった瑠璃を鼓舞するように、しわがれ『声』にはっぱをかけられた。

『ぎょうさん美味《うま》いもん食べて、好きな絵をいっぱい見といでな』

（うん、ありがとう……）

瑠璃は玄関の鏡で全身をチェックし、大丈夫と意気込んだ。

久しぶりにさした口紅が、なんだかまるで自分ではない自分へ変身させてくれているような気がする。今だけはなにもかも忘れて、楽しんでもいいんだと思えた。

瑠璃は、今日だったら魔法でも使えそうな気さえしてきていた。


観光客が大勢詰めかける駅の、多国籍な雑踏を抜けてエスカレーターで地上へ向かう。外は気持ちよく晴れており、思わずほころぶ口元を引き締めて向かった。

チケットの裏に書いてあった会場に到着して、日付や場所が間違っていないかチケットを再度確認する。

引き戸のガラスから中を覗くと、人がたくさん動いているのが確認できた。

「こんにちは……」

ちょうど歩いている長谷の姿を入ってすぐのところで見つけて、胸をなでおろした。

気づいてくれないかなと目配せしたのだが、長谷は忙しそうにしており入り口を見ようともしない。

急に緊張がせり上がってきて、どうしようと不安な気持ちに襲われそうになったところで人の気配が近づいてきた。

「こんにちは。チケットはお持ちですか？」

瑠璃に気がついた女性が、入り口の受付台の奥へ回った。にこやかに微笑みかけられて、慌てて鞄からチケットを取り出して見せる。

「拝見しますね」

半分に千切られてしまうのがなんだかもったいない。

女性はチケットの半分をもぎると瑠璃を奥へ通してくれた。

やっと瑠璃の来場に気がついた長谷が、他の人との話を切り上げて手を振りながらいつものようににこやかに駆け寄ってくる。

「瑠璃ちゃんいらっしゃい！　お着物で来てくれるなんて嬉しいよ。いつもきれいだけど、今日はちょっときれいすぎてドキドキするな！」

「そんな……なにを着たらいいかわからなくて」

長谷は本当に照れているのか、いつもよりもはにかんだ笑顔だ。瑠璃は恥ずかしくなってしまい、手で口元を隠しながら下を向いた。

「あの、今日はお招きくださってありがとうございます」

「むしろ来てくれてありがとう。作品もたくさん見られるよ。あっちにカクテルと飲み物、アペタイザーもたくさんあるからいっぱい食べてね」

長谷が指さした机の上には色とりどりの飲み物と食べ物が並べられていた。さすがエキシビションと、瑠璃は豪華さに驚いてしまう。

気後《きおく》れしていると、長谷が瑠璃の手を引いて展示してある部屋の近くまで誘導してくれた。

「瑠璃ちゃん、後で呼びに来るから、ちょっと作品を見てくつろいでいてね」

展覧会が無事に開催できたことが嬉しいようで、誇らしげな長谷の姿がなんだか羨ましくなってしまった。

それほど混雑していないギャラリー内を一望して、なによりも見たかった龍玄の作品の前に一歩進んだ。

「──すごい……」

メインとなる二メートルを超える作品を中心に、会場の壁すべてに中規模から小規模の作品が展示されている。

このエキシビションが終われば、作品は市の美術館の本会場に搬入され一般公開される。だからじっくり鑑賞できるのは今しかなかった。

作品の持つ生命力に吸い寄せられるように、瑠璃は一つ一つの絵をじっくり覗き込んだ。

手を伸ばせば中に入れてしまうような感覚に襲われて、今ここに立っているのが夢か現実かわからなくなる。

――この世にあって、この世ならざるもの達の生きる世界。

絵から伝わってくる息遣いは、あまりに現実味を帯びている。ギャラリーを出てすぐの路地を曲がったら、そちら側に入り込んでしまいそうなほどだ。

現実と龍玄の描く世界には、ほんの一ミリもずれがない。それほどまでにリアルで鮮烈でみずみずしい。

瑠璃は呼吸をすることさえ忘れてしまいそうになっていた。なので、名前を呼ばれていることに気がつかず、肩に手を置かれてやっと振り返った。

「――瑠璃ちゃん、大丈夫?」

「あっ、長谷さん。は、はい……。ごめんなさい、集中してしまって」

「何回呼んでも聞こえていない風だったから、耳栓でもしているのかと思っちゃった!」

「す、すみません……!」

原画を販売しないため、美術館や他の場所で龍玄の絵を見ることは叶わない。だから、本物の絵を見られるのはすごく貴重だったのだ。

とはいえ、招待してくれた長谷を無視してしまい血の気が引く。しかしそんな瑠璃に、長谷は「大丈夫」と手を横に振った。

「謝ることないよ。龍玄先生だって同じようなものだから。画家の集中力って半端ないけど、瑠璃ちゃんも先生と同じ、絵を描く人なんだなって感心しちゃった！」

長谷は茶目っ気たっぷりの笑みを浮かべ、辺りを気にしながら瑠璃に顔を寄せて囁いた。

「あ、それでね、今ちょっと大丈夫？　先生を紹介したいんだけど」

長谷の提案に、瑠璃の心臓が止まりかけた。

「あ……その……冗談だと思っていたんですけど」

「瑠璃ちゃんに冗談なんか言わないって！　いいのいいの、遠慮しないで。ただここだと他の人もわーってなっちゃうから、後ろまで来てほしいんだけどいいかな？」

思ってもみなかった内容に、瑠璃は壊れたブリキ人形みたいに首を軋《きし》ませるような頷きを返すことしかできない。あまりの緊張っぷりに、長谷がぽんぽんと瑠璃の手を優しく叩いた。

「大丈夫、こんなおかしなもののけの絵を描いてるけど、本人はギリギリ人だから」

「ギリギリ、人……」

「そう。ちょっとあっちの世界に足を踏み入れちゃってるけどね」

長谷の冗談に瑠璃は思わず笑ってしまう。それで緊張がほぐれ、改めて大きく頷く。

行こう、と連れられて、会場を抜けた奥の入り口に案内された。

バックヤードだという場所に扉はなく、足元まで届くほどの長い暖簾《のれん》がかけられていた。暖簾《のれん》の後ろには小さな土間があり、二階へ上がる急な階段が見える。

履物を脱いで、長谷の後をついて瑠璃も階段をゆっくり上った。二階に上がるとすぐ横の部屋が控室《ひかえしつ》として用意されており、そこにも暖簾《のれん》がかけられている。

すると長谷は横の壁をコンコンと叩いてから、「先生、入りますよ」と言い終わらないうちに暖簾《のれん》をくぐってしまった。

「瑠璃ちゃん、おいで」

足踏みしていた瑠璃は、暖簾《のれん》の先からひょこっと顔を覗かせた長谷に手を引っ張られて、敷居をまたいだ。

緊張から、瑠璃の鼓動はあり得ない速さで脈を打っている。目の前が真っ白になりそうだったのだが、長谷ののんびりした声で正気を保てた。

「先生、呼んできましたよ」

恐る恐る瑠璃が顔を上げると、部屋の奥の障子窓から外を眺めている着流し姿の男性の背中が見えた。

瑠璃の心臓が、どくどくとさらに強烈に脈を打ち始める。顔だけではなく耳まで熱くなっているのを自分自身でも感じた。

「先生、紹介しますね。この子が先生の意味不明な注文で困っているといつも助けてくれる瑠璃ちゃんです！」

緊張感に欠ける長谷の絶妙な声と紹介に、着流し姿の男性はピクリと眉毛を動かしてから、瑠璃達のいる入り口へゆっくり首を向けた。

「瑠璃ちゃん、もっと前来てってば！」

手を引かれて、瑠璃は重たい一歩を踏み出す。

「――初めまして、紹介していただいた宗野瑠璃《そうのるり》です」

窓際にたたずむ男性の姿を見ないように、深々とお辞儀をした。そうすれば緊張が退《ひ》くと思っていたのに、実際には声が震えてしまう。

「あはは、瑠璃ちゃん緊張してる。さっきも言ったけど、ギリギリ人だから大丈夫だよ。先生もほら、そんなところで突っ立っていないで、挨拶してくださいって」

長谷のお気楽な声に、瑠璃は逆に緊張が増してしまった。

「……なんだその、ギリギリ入っていうのは」

少し掠《かす》れた、深みのある声音が瑠璃の耳に届く。初めて聞く龍玄の肉声は、彼のイメージそのままだ。

その声に思わず瑠璃が顔を上げると、窓際の人物――龍玄は美しく凛々しい形の眉を持ち上げていた。

龍玄は、写真で見るよりも上背がかなりある、着流しがよく似合う人だった。

しかし長谷は眉をひそめる龍玄のことなど気にもしない。

「緊張している人に、先生をそういう風に紹介するとだいたい和《なご》むんですよ。ほら、先生ってもののけか人か妖怪かわかりませんからね」

「……」

「まあ、家はもののけが住んでいそうなくらい、めちゃくちゃひっ散らかっていますけど」

「大きなお世話だ」

龍玄が途端に不機嫌そうに眉根を寄せるが、事実です！　と長谷は言い返してから、一息ついて瑠璃を見る。

瑠璃が頬を引きつらせると、長谷は龍玄のイライラなど気にも留めず、てきぱきと二枚の座布団を横から出してきた。そして顔をほころばせて瑠璃を手招きする。

あまりにも龍玄に近い距離に敷かれた座布団を見て、瑠璃は顔色を悪くした。

いきなり押しかけた上に、人嫌いだという龍玄のこんなに近くに座って大丈夫だろうか。窓際に突っ立ったままでいる龍玄の様子をそっと窺う。

顔は不機嫌そうなものの、怒っているふうでもなく、長谷の軽口を鬱陶《うっとう》しそうにしているだけのようだ。

ただ、一瞬だけ瑠璃を見てわずかに眉毛を動かした姿に心臓が止まりそうになる。

いきなり不躾《ぶしつけ》に入ってきたから、嫌悪感を持たれてしまったかもしれない。

「瑠璃ちゃんもこっち来てってば。先生も座ってください、ただでさえ威圧感あるんですから、立っていると東大寺《とうだいじ》の仁王様みたいです」

なにかを言い返そうと龍玄が口を開くより先に、長谷がさらに付け加える。

「……っていうか、瑠璃ちゃんがいなかったら先生は絵を描けていないんですから、お礼の一つくらい言ってくださいよね」

「そんな、私はなにもしていません。滅相もないです」

相変わらずな口調で茶化した長谷を、龍玄は鬱陶《うっとう》しそうに半眼で見つめていた。

突っ立ったまま壁に寄りかかる龍玄が窓を閉めようと背中を向ける。その時、ふと気がついたことがあった。

「帯が……」

そこまで口走ってから、はっと口をつぐむ。

「瑠璃ちゃん、帯がどうかしたの？」

長谷が不思議そうに首をかしげて瑠璃を見た。疑問に満ちた視線から逃げようとしたものの、なんとも気まずい気持ちで口を開く。

「先生の帯の両端が揃っていなかったので。出過ぎたことを言いました、忘れてください」

瑠璃が頭を下げたところで、龍玄が大きく息を吐く。

聞こえてくるため息の深さに瑠璃は肩を震わせた。なんて余計なことを言ってしまったんだと、後悔したがもう遅い。これで龍玄の機嫌を損《そこ》ねてしまったらどうしようと泣きそうになった。

「——男帯は締められるか？」

しかし。龍玄はただ、ぽつりと言葉を投げかけてきただけだった。

一瞬、誰に向けられた言葉か理解できなかった。だが恐る恐る龍玄の方に視線を向ければ、涼やかで奥行きのある目元から、瑠璃に向かってたしかに視線が注がれている。

「貝の口に直せるか？」

「えっと……」

龍玄は戸惑っている瑠璃の正面に向き直ると、腕を組み直した。

「普段はぐちゃぐちゃの片ばさみでいいんだが、人前に出るならきちんとしろというさいわりに、長谷はそのあたりを知らないようで」

「わ、嫌みったらしい言い方だなあ」

話の矛先を向けられてしまった長谷は、参ったなと眉毛を八の字にしてポリポリ頭を掻く。

「貝の口は苦手だ。君は着慣れているだろう？　おそらく、着付けもできるはずだ」

見透かされたように言われて、反応に困った。

「直してくれ」

答えないうちに、龍玄は突然しゅるしゅると帯を解き始める。彼の行動に瑠璃は面食らってカチンコチンに固まってしまった。

長谷が「ちょっと！」と止めに入ったのだが、すでに帯は解かれてしまった。龍玄は真顔のまま、手に持った角帯《かくおび》を瑠璃に向かって伸ばしていた。

できるだろうと言いたそうな顔をされてしまうと、断る気になれなくなってしまった。

「……わかりました」

「えええ、先生もうなんなんですか、いきなりそんなことして……」

「うるさいぞ。じゃあ長谷が締めてみるか。少しでも下手くそなら挨拶はしない」

「冗談じゃないですよっ！」

龍玄の行動は予想外だったらしく、長谷はかなり慌てている。しかし着物のことはわからないようで、いつものように言い返せず泡を食ったような顔をしていた。

「瑠璃ちゃん、ごめんね。ほんと手間かけさせちゃって……」

長谷にものすごく申し訳なさそうに言われ、瑠璃は心配をかけないように「大丈夫です」と笑ってみせた。

しかし言葉とは反対に、帯を受け取った瑠璃の手は緊張のあまりかすかに震えていた。

すぐに龍玄は瑠璃の緊張に気がついた。ぐっと帯を押し付けて、瑠璃の手に重みを加える。まるで、大丈夫だからと伝えているようだった。

「もう、先生！　初めて会った女の子になんてことしてくれるんですか！」

「いいだろう、別に。着付けができない人間にならこんなことはしてもらわない」

「なんで、瑠璃ちゃんがお着物を着慣れているってわかるんですか？」

瑠璃が渡した帯の端を受け取った龍玄は、自分の腰回りに巻きつけながら怪訝そうに目を細めた。

「そんなの、所作を見ればすぐわかるだろうが。それに、着ているのはその子の着物だ」

「……と言いますと？」

「彼女の身体のサイズに合わせて着物が作られている。借り物ではこうはいかない」

勉強し直して来いと言わんばかりに、龍玄は長谷にあきれながら言い放った。

――お見事。

龍玄の腰に巻き付けた帯を締めあげてきつくないか確認しながら、胸中で瑠璃は感嘆した。

それから自分の心臓の音が聞こえてしまわないか心配しつつも、龍玄の帯をきっちりときれいに結び直していく。

美容系の専門学校に進んだ妹とともに、たっぷり着付けの練習をしたのが功を奏して、身体が帯の結び方を覚えていた。

あとは後ろに回すだけだ。

できましたと言って立ち上がろうとすると、龍玄の手が伸びてきた。反射的に見上げると、龍玄の指先が瑠璃の耳たぶに触れる。

「……やっぱり珍しいな、肩に……」

あまりにも唐突に声をかけられて、瑠璃は帯に両手を添えたまま静止する。

龍玄は自分でも驚いたような顔をしたあと、ふと口の端に笑みを乗せて手をひっこめた。添えたままになっている瑠璃の手に一瞬触れると、自ら帯に手をかける。

「これなら人前に出ても、文句を言われなさそうだ」

形を確認してくるりと後ろへ回し、ぽんぽん叩く。瑠璃が背中に回ってもう一度形を確認すると、格好よくできていた。

いつも面倒だと思いながら妹の着付けの練習相手をしていたが、こんなところで役に立つとは微塵《みじん》も思わなかった。

ホッと胸をなでおろす。

瑠璃は姿勢を正すと、慌てて頭を下げた。

「では先生、私はこれで――」

「懐紙《かいし》は持っているか？」

失礼しますという言葉を呑み込んで、すぐに「ええ」と答える。

龍玄はへえ、と嬉しそうに口の端を持ち上げた。瑠璃は少々龍玄のペースに呑まれっぱなしになりながら、鞄から懐紙を取り出した。

「お使いになりますか？」

「そのつもりで聞いた。忘れた自分もうっかりしていたが、長谷が冷たいカクテルしか用意していないとは思っていなかったからな」

嫌味を言われている長谷は、電話がかかってきてしまったため控室の外で通話をしていた。

龍玄の言葉に棘《とげ》はあるものの、本気で怒っているわけではなさそうだ。

グラスについた水滴を拭きとるのに、懐紙はさらりと粋《いき》だ。瑠璃は鹿と大仏のデザインの懐紙を取り出し、渡そうとして手を止めた。

これでは男性が使うにはあまりにもかわいすぎるかしら。

そう首をかしげたところで、龍玄がそれをひょいと持ち上げた。

「あ、先生やっぱりその柄だと……」

「いい、これで。少しは可愛げのある対応をしろと言われているが、あいにくそんなサービス精神は持ち合わせていない。このくらいのユニークさで釣りがくるはずだ」

龍玄が可愛らしい懐紙を眺めて、ニヤリといたずらっぽく笑う。

「気にならないようでしたら、ぜひお持ちください。私は気に入っています」

「そういえば、君も絵を描くのだろう？」

話の矛先が自分に向けられて、息が詰まってしまった。

龍玄はこともなげに続けた。

「長谷から聞いている。それにさっき、俺の絵を見ている時の見方が、絵を描いている人間の姿勢だった。道具にもやたらと詳しいしな」

龍玄は瑠璃に手を伸ばして立たせてから、改めて座布団に座るように促した。今度はなにを言われてしまうのかと瑠璃が困っていると、龍玄は肩の力を抜いて壁に寄りかかった。

「長谷は絵の勉強をしているけれどな、細かい部分はまだまだだ。それに絵はわかっても、道具まではちんぷんかんぷんみたいで……まあとにかく、君がいなかったらあいつは色鉛筆と油絵の具でさえ間違えて買ってくる」

断言されて、瑠璃は苦笑いをした。

描いている側であっても、絵の道具は多岐にわたっていて難しい。

絵を描かない人からすれば、どちらもただの絵の道具であって、違いがわからないのは当たり前のことだ。それは、明らかに専門知識が必要なのだから。

「たくさん種類がありますから。先生の好みは、柔らかい筆でしたよね」

今まで自分が注文を受けてきたので、龍玄の好みはそれなりに把握している。それがきっかけでこうしてあこがれの人物と話ができていることが、今さらながら夢のようだ。

ふわふわとした心地で呟くと、龍玄が頷いた。

「ああ、あいつらを描くには、やわらかい筆で丁寧に描くのが一番本物に近づけられる」

当たり前のように言われて、瑠璃は『本物』という言葉に引っかかりを覚えた。

龍玄が描いているもの達が、本当にそこに存在していると言うようだったからだ。

とはいえ、芸術家なのだから――と思い、瑠璃はなにも触れることなく粛々と頷いた。

「また、なにか必要なものがあればお申し付けください」

「しかし、もう辞めるのだろう？　引っ越しをしてしまうと長谷が散々騒いでいた」

「お店にいる間でしたら、お道具の用意の手伝いをします。連絡をくだされば、どこに引っ越しした後でもお伺いします」

「……つまり、引っ越し先は決まっていないのか？」

被《かぶ》せるように言われて、瑠璃は言葉を引っ込めてからゆっくり首を縦に振った。

「働き先もか？」

責められているように感じて、口をつぐむとうつむいた。すると龍玄が嘆息し眉根を寄せる。

「……長谷じゃ話にならないんだ」

言い放って、龍玄は瑠璃の前へ一歩近づいてくる。下を向いてしまった瑠璃の前に片膝を立てて座ると、顔を覗き込んできた。

「俺のところに来てくれないか、瑠璃」

名前を呼ばれて弾かれたように顔を上げると、龍玄の瞳が瑠璃をすかさず射貫《いぬ》いた。

「――君がいないと、俺が困る」

「あの、私……」

「助手として雇いたいんだが……嫌か？」

思ってもみなかった提案に頭が真っ白になってしまい言葉が出ない。

黙り込んでいると電話を終えたらしい長谷が二人の間に割り込んできた。

「……あ、先生！　瑠璃ちゃんを困らせているでしょう⁉」

「……長谷。お前は人のことをなんだと思っているんだ？」

「顔の怖いもののけ屋敷の――」

「彼女を雇おうと思っているところだというのに。もののけ屋敷だと言われたら、助手を断られるだろうが」

　少しは空気を読めと半眼で釘を刺されたのだが、長谷は『助手』という言葉を耳に入れるや否や、飛び上がるように喜んで瑠璃の横にやってきた。

「本当ですか！　瑠璃ちゃん！　先生の助手になってよ！　俺からもお願い！」

「え、ええと、その……」

　長谷は瑠璃の手をぎゅっと握りしめて、思い切り顔を寄せて懇願してきた。

「前にも言ったと思うけど、先生の家はもう散らかり放題の荒れ放題で……お茶もなんのエキスかわからないくらいに酷くって！」

「おい長谷。二度と俺の家の敷居をまたぐなと言われたいのか？」

「瑠璃ちゃんが来てくれるなら最高だよ！　お店もいつもきれいにしているし、お掃除は得意だよね？」

　あまりの熱意に気圧《けお》されて、瑠璃はまるで赤べこのように首を縦に振った。

「先生のお家は広いから部屋も余っているし、家賃はいらないから住み込みで『助手兼お手伝いさん』として働いてくれない？」

「あのなあ、雇い主は俺で――」

「画材も絵の具も俺より詳しいんだし、瑠璃ちゃんも仕事と引っ越し先が決まって一石二鳥！」

瑠璃が目をしばたたかせていると、龍玄は長谷のセールストークを止めることを諦めたらしい。ふてくされたような顔をして腕を組んだまま黙り込んだ。

「俺は使いっ走りから解放されるし、瑠璃ちゃんも先生の仕事風景を覗ける。これ以上いい再就職先はないよ！」

瑠璃が思っている以上に、長谷が本気で訴えかけてくる。

「ね、先生。瑠璃ちゃんなら文句ない助手でしょう？」

「だから雇おうとしているんだ。長谷は少し口を閉じていられな――」

「ほら！　先生もいいって言ってるし、瑠璃ちゃんお願い！」

両手を合わせて拝まれてしまい、助けを求めるように龍玄を見た。瑠璃の視線を受け止めた龍玄はというと、本気だぞと言わんばかりに真面目くさった顔をしている。

どうやら嘘でも冗談でも冷やかしでもないようだ。

二人の表情からは、瑠璃の仕事ぶりを評価し、瑠璃という一人の人間の価値を理解してくれているのがよくわかった。

だからこそ、その期待をいつか自分が裏切ることになってしまわないかという不安が瑠璃を襲う。

「私ではお役に立てるかどうか……」

「すでに役に立っているから、正式に雇いたいんだ」

弱腰になった瑠璃から逃げ場を奪うように、龍玄の言葉と視線が向けられる。

「自分の能力を低く評価するな。卑屈は美徳とは違う」

龍玄の紡いだ言葉には、重みと厳しさが乗せられていた。

それは真剣に向き合いたいという気持ちの表れのようで、瑠璃の心の水面に波紋を広げる。

「俺の好みのものを取り揃えられるのは、今、世界に君しかいない」

信じられない言葉を耳にして、龍玄から目を逸らせなくなった。

同時に龍玄の目がほんの少し和《やわ》らぐ。

「君がいなくなったら、絵が描けなくなる」

ずっとあこがれていた人に自分の価値を認められて、嬉しさが込み上げてくる。

先ほど出会ったばかりの人なのに、自分を世界で一番必要だと言われるなんて。瑠璃はまばたきすら忘れて龍玄を見つめていた。

熱意のこもった龍玄の表情を見ていると、瑠璃の目からあふれ出してきたものが視界を滲《にじ》ませる。

龍玄は、瑠璃以上に瑠璃自身を認めてくれているようだ。それがわかってくると、安堵とも幸せとも言えるような言葉にしにくい気持ちが胸いっぱいに広がっていった。

目の端に溜まったものをぬぐおうとしたところで、龍玄の手が伸びてきて瑠璃の目元をなぞり、涙をすくい払った。そのまま頬に大きな手が触れる。

「あとで連絡する。答えはいつでもいい。今日は楽しんでくれ」

優しい温もりが自分の頬から離れていくと、瑠璃は大きく頷き返事とともにお辞儀をした。

第二章

夢のようなエキシビションが終わり、瑠璃に日常が舞い戻ってきた。

大好きな作家の作品を間近で鑑賞できたのも、龍玄本人と話をできたのも、今となってはすべて幻のようだ。

おめかしして出かけ、あこがれの人と話ができた。まるで自分がシンデレラにでもなったような気持ちだ。

手元にあるチケットの半券が、幸せなひと時が夢ではなかったという唯一の証拠だった。

しかし結局、帰るまでの間に龍玄から連絡先を渡されることはなかった。

後で連絡するという約束は、一週間たった今もいまだに果たされていない。

人が入れ代わり立ち代わり話しかけていたので、連絡先を瑠璃に渡す暇さえなかったと言われればそれまでだ。長谷も忙しそうに飛び回っていたため、瑠璃は挨拶もできなかった。

でも、このまま忘れ去られてしまっても、それはそれでいい。

たった一言、瑠璃の価値を認めてくれただけで嬉しい。

それでも十分すぎるほど満足なのに、さらに瑠璃を必要としてくれたことが、なによりも心をときめかせた。

他人に迷惑をかけるばかりだと自分を責め続けていたが、そんなことはないのかもしれないと希望が持てる。すべて、龍玄がくれた魔法の言葉のおかげだ。

――しかし同時に、龍玄がいる世界は瑠璃の居る世界とかけ離れすぎていた。

みんなが龍玄に詰め寄り、作品を大絶賛する光景が目に浮かぶ。彼が挨拶に現れる頃には、すでに複製画のいくつもに『売約済』の印が貼られていた。

まるで映画の中のような華々しさを目の当たりにして、美術を少しでも齧《かじ》った瑠璃が絶望に近い感情を思ったのは当然のことだった。

自分とはレベルが違いすぎる。

同じ美大の学科出身なのに、ここまでの違いを目の当たりにされて嫉妬の感情さえ湧いてこなかった。

（すごかったわ、龍玄先生。格が違いすぎて……お話しできたのが夢みたい）

心の内であの日のことを反芻《はんすう》しながら、瑠璃は誰もいない店内で棚に陳列してある文房具のレイアウトを見直していた。

納得のいくディスプレイが完成し、今度は陳列された品物一つ一つを丁寧に拭きあげる作業を始める。

『瑠璃もああやって、展覧会開いたらええのに』

そんな『声』が聞こえて、とんでもない、と胸中で首を横に振った。

まだ高校生の時から美術誌に取り上げられるくらいの天才、龍玄。自分はその足元にも及ばないことくらいしっかり理解している。

それに、多少の才能ごときでは食っていけないのが美術の世界だ。

(好きなことでは食べていけない。父さんの言う通りかもしれないわ)

この世の中で、好きなことで食べていける人間はほんの一握りなのだと、瑠璃の父はいつも言っていた。そういった人は特別であり、その分苦労も多い。

父親は常に『普通』を求めた。美大という特別な場所にいても、瑠璃は『普通』でいることのプレッシャーを常々感じていたように思う。

(絵で食べていく気は途中からなくなったの。こういったお道具を、必要な人に届ける仕事がしたかったからいいの。今の私はその夢を叶えたのに)

会社に勤めて自社製品を届けていた過去と、個人に商品を販売する今とでは、規模は違うが本質は変わらない。

画材を必要としてくれている人達に、必要なものを届けている。

好きなことができているじゃないか。なにも惨《みじ》めではないじゃないか……

しかし、千円に満たない時給が今の瑠璃の価値であって、それ以上でもそれ以下でもない。

苦しい生活と将来への不安で胸が苦しくなる。特に、あんな華々しいエキシビションの後では。

「早く、引っ越し先も就職先も探さないと」

そう言い続けているのに、一向に気が向かない。やっと身体と心が一致してきたのに、ハードな仕事に戻ることでまたもや眠れなくなってしまわないだろうか。

それに一番の問題である幻聴は治まるだろうか……

考えれば考えるほど、心配は尽きない。

『焦らんでもええ。大丈夫やで、瑠璃』

しわがれ『声』に優しく言われた時、チリンチリンと来店を告げる風鈴が鳴った。

棚から顔を出して入り口を見れば、長谷が「こんにちは」と言いながら入ってきている。きょろきょろ店内を見渡し、瑠璃の姿を見つけると顔をほころばせた。

近寄ってきた長谷を、瑠璃はお辞儀をしながら出迎える。

「長谷さん。先日はありがとうございました……今日はなにかいいことがあったんですか？」

いつも長谷はにこやかだが、今日は特別笑顔に磨きがかかっている。

「あったよ、すごい嬉しいこと！」

急いで来たのだろう。風でセットされた髪の毛もそのまま、瑠璃の手を引っ張ると一枚の紙を渡す。

「はい、瑠璃ちゃん。これ、先生から」

「先生……まさか、龍玄先生ですか？」

渡された紙に視線を落とすと、絞りの施された無地の懐紙だった。

「お手紙を渡してきてって先生に言われたんだ。瑠璃ちゃん、助手の件引き受けてくれたんだよね？」

それに瑠璃は慌てて首を横に振った。

「いえ……連絡先をいただいていなくて。それに、私から連絡先もお渡ししていませんし、音沙汰がなかったので……」

てっきりその話は流れたのだと思っていたが、長谷はぎょっとした顔をした。

「じゃあきっとこの中に、そのことが書いてあるよ！」

話し声が聞こえたからだろう、壁の向こうから奥さんがやってきた。瑠璃宛ての手紙を龍玄から預かってきたことを長谷が伝えると、奥さんは「あらまあ」と破顔する。

「瑠璃ちゃん、良かったわね。住み込みのお手伝いさんなら衣食住が保証されるし、なにより龍玄先生となら、絵が好きな瑠璃ちゃんも一緒にいて楽しいんじゃないかしら」

両手を頬にあてて、奥さんはさっそく喜んでいる。

「奥さん、まだそうと決まったわけじゃ……」

「瑠璃ちゃん、待ちきれないから早く開けて中身見てよ！」

長谷が子どものようにはしゃいだ様子で催促してくる。奥さんも、瑠璃が懐紙を開けるのを、今か今かと待っていた。

指先が震えるくらい緊張したのだが、ごくりとつばを飲み込んでから瑠璃は真っ白な紙を開ける。

——そこには一輪の花の絵が描かれていた。

「えええっ！　まさかの絵……!?」

瑠璃の手元を覗き込んだ長谷が素《す》っ頓狂《とんきょう》な声を上げて、みるみる残念そうな顔になる。奥さんは「まあ、素敵！」と喜び、瑠璃はきょとんとしたまま手が止まってしまった。

「アネモネ、ですかね……」

色付きの墨で描かれた墨彩画《ぼくさいが》は、さらりと描かれたにしては恐ろしく上手い。

「渡してって言うから、連絡先と一筆《いっぴつ》だとてっきり思っていたけれど……そういえば、龍玄先生は携帯電話すら持っていなかったんだった」

家の電話も滅多に出ないと困っている長谷の横で、瑠璃が懐紙の折り目をさらに開く。そこには、この店からも程遠くない場所の住所が書かれていた。

瑠璃の手元を覗き込んだ長谷は口を尖らせる。

「まあ、住所が書いてあるならいいんだけど、一言もメッセージ書いてないんじゃねえ」

まだ暑い中、小走りでここまで届けにきた長谷としては瑠璃を助手として迎え入れる旨の一言や二言は書いていてほしかったのだろう。

瑠璃は、あまりにも美しい紫色のアネモネの絵を見つめる。それが自分に宛てて描かれたものだと思うと、胸がはちきれんばかりになって口元が緩んだ。

「アネモネ……墨彩画《ぼくさいが》……」

一生の宝物にしようと思いながら、気持ちが安らぐような紫の色味の花びらを指先でなぞる。どんな額に入れて飾ろうか考えていると……

『――花ことば』

可愛らしい女児の『声』に言われて、瑠璃はハッとした。携帯電話を取り出すと、アネモネの花ことばを調べる。

「どうしたの、瑠璃ちゃん⁉」

長谷はいきなり携帯電話を取り出した瑠璃に驚いた顔をする。ちょっと待ってとジェスチャーしながら、その間も瑠璃は携帯電話を操作した。

検索画面にヒットした花ことばを見て、瑠璃は目を丸くする。

「長谷さん、奥さん。見てください」

描かれたアネモネは、高貴な紫。その花ことばは――

「……『あなたを信じて待つ』。それは、この絵に描かれた花の花ことば？」

奥さんが首をかしげる。キーワードをしげしげと見つめたあと、みんなして顔を見合わせた。メッセージにしてはキザな上に、とことん回りくどい。

「うふふ……瑠璃ちゃん。まるで、お姫様みたい」

奥さんはついにくすくす笑い始めた。

「まさか、花ことばで伝えてくれるなんてことないですよ、きっとこれはたまたまで」

「ありえるなあ。あの先生、ひょんなところでロマンチストだから」

呆れたと言わんばかりに長谷はがっくしと肩の力を抜いて頭をわしゃわしゃ掻いた。

「瑠璃ちゃん、めちゃくちゃ面倒な人だってこれでさらにわかったと思うけど……一緒にいくから、話をしに行こう」

「え、ええ……。行っていいんですか？」

「ダメだったら俺が文句言うし、しばらくおつかいを頼まれても拒否する！」

「それは、先生困っちゃうかと」

「いいんだよそれくらいしたって。でも、俺の予想だと……たぶん追い返されないよ」

長谷はニヤッと意味深に笑った。瑠璃は手元の懐紙を今一度見つめてから、行ってみようと決心する。

「きっと待っていると思うよ、瑠璃ちゃんのこと」

ガラスの靴を片方落っことしてきたわけではないが、あこがれの人はどうやら瑠璃を待ってくれているようだ。

それは、おとぎ話よりも、ずいぶんロマンチックなもののように感じられた。

そうと決まれば早くお返事しに行かなくちゃ！　と一番慌てたのは、瑠璃ではなく奥さんだった。店番はもういいから長谷さんと一緒に行ってらっしゃいと、笑顔で瑠璃ははっぱをかけられる。

「あ、でも奥さん……もし龍玄先生のお家でお仕事が決まったら、このお店は……？」

「そんなこと心配しなくていいわよ。どうしても店番が必要な時には、声をかけるから」

安心しなさいと、背中をポンポンと叩いてくれた。

貯蓄がギリギリであることや、引っ越しと仕事の事情を奥さんは知っている。全部が一気に解消されるのであればそれに越したことはないと、瑠璃以上にノリノリだ。

「ああ、菓子折りを持っていった方がいいわよね？　ちょうど買っておいたお菓子があるから用意してあげるわ」

言うや否や、瑠璃が止めるより先に立ち上がって店の奥へ引っ込んでしまう。しばらくすると、紙袋に入ったお菓子を持って現れた。

自分の娘のことのように喜んでいる奥さんに後押しされて、あっという間に店を出ることになっていた。

「王子様は、迎えには来てくれないのよ瑠璃ちゃん。自分で行かないと」

見送りついでに入り口まで来ると、奥さんはそっと瑠璃に耳打ちした。

「奥さん、王子様だなんて……」

「うふふ、いいじゃないの。どうなったか、また明日お話聞かせてちょうだいね」

打ち合わせの残りもあるとのことなので、長谷についていく形で龍玄の家へ向かった。

龍玄の住まいは、文房具屋から歩いて二十分ほど。観光地のど真ん中だが、一本裏通りに入っているため、雑踏から切り離されていて辺りはとても静かだ。

案内された町屋敷風の家は、塀も高く純和風なつくりをしている。家というよりも、お屋敷と呼ぶのがふさわしい外観だ。

厳《おごそ》かな数寄屋門《すきやもん》に出迎えられて、あまりの立派さに気圧《けお》されてしまった。ぎくしゃくし始める瑠璃を見るなり、長谷はけらけら笑い始めた。

「あはは！　瑠璃ちゃん、大丈夫だよ。お家の外観は立派なんだけど、中はものすごい散らかっててゴミ屋敷となんら変わらないから」

瑠璃が狼狽《うろた》えているのが伝わったのか、長谷は冗談を言って緊張を和《やわ》らげようとしてくれている。

「ゴミ屋敷というか、もののけ屋敷だよね！」

「どうしよう長谷さん、私すごく緊張して――」

やっぱり後日改めてと言いかけるより早く、長谷はいたずらっ子のような顔をして『高遠《たかとお》』と書かれた表札横のインターホンを鳴らしてしまっていた。

「あっ……」

「大丈夫だから、俺のこと信じてってば」

長谷が自信満々に瑠璃の肩を叩くものだから、今さら逃げることもできない。瑠璃は緊張していた自分を勇気づけるようにこぶしを握り締める。

（もうここまで来たのだからしっかり向き合ってみよう）

そう意気込んでいる瑠璃にかまわず、長谷は応答を待つことなく横にあるくぐり戸を開けると、ずかずかと入って行ってしまった。

「え、あ、長谷さん……⁉　入っちゃうんですか⁉」

目を白黒させる瑠璃に、長谷はいつものように眉毛を八の字にした。

「一応鳴らしたけど、ここの家は呼び鈴の意味ないからいいの、勝手に入って。この先にある玄関の鍵が閉まっていても、庭の縁側から声をかければ大体出てくるから」

「え、ええ？」

このご時世に、そんなゆるゆるのセキュリティで大丈夫なのだろうか。それが顔に出たのか、長谷が「不法侵入は鹿くらいしかしないから大丈夫」と笑って瑠璃を手招きする。

鹿だけしか入ってこないという理由に納得して、長谷に続いて龍玄の家の扉をくぐり抜けた。

元々日本庭園だったのであろう庭は、雑草が伸び放題で荒地と化している。想像以上に荒れ放題で、人が住んでいるとはにわかに信じがたい。

雑草に侵食されている飛び石を渡りながら玄関に到着すると、長谷はそこでも迷わず引き戸を開けた。

「お、お邪魔します……」

その瞬間、ふわり、と優しい風が頬をかすめたような気がした。

『はい、よういらしてくれはったなあ。先生向こうにおるで』

敷居をまたぐなり、鼻にかかったような独特の渋い『声』が急に聞こえてくる。瑠璃は驚いて空気を呑み込んだ。

(なんで、いきなり知らない声が……？)

自分の別人格と話しているはずなのに、時たまそれは瑠璃とかけ離れた別視点から物事を伝えてくることがある。

屋敷に入ったところでその現象が起こったので、瑠璃の額に冷や汗が滲《にじ》んだ。しかし正面に視線を移すと、一瞬にして『声』のことなど吹き飛んでしまう。

「これ、龍玄先生の作品……！」

置かれている二曲一隻《にきょくいっせき》の屏風《びょうぶ》に瑠璃は近寄って鑑賞を始める。

(すごい、入り口でこんな素晴らしいものが見られるなんて！)

玄関から大声で呼んでいるのに、まったく現れない家主にしびれを切らしたのか、長谷は庭へ回りこんでいた。

感動しながら瑠璃が作品をまじまじ見ていると、長谷と誰かが話す声が奥の方から聞こえてくる。人が歩いてくる気配に慌てて瑠璃は屏風から体を離した。

「もう、いっつもこうなんだから！」

ぷりぷりと怒る長谷とともに廊下の奥から濃紺の作務衣《さむえ》を来た龍玄が現れた。

「先生、そのうち泥棒に入られちゃいますからね」

「この辺は鹿しか入ってこな――」

長谷に言い返そうとしたところで、龍玄は瑠璃の姿を見つけるとわずかに目を見開いて微笑んだ。とっさに瑠璃は深々とお辞儀をする。

「あの、お邪魔しております」

「え、俺には微笑んでくれたことなんて一回もないのに、瑠璃ちゃんにはそんな優しい笑顔になっちゃうわけですか、先生？」

じっとりと半眼で龍玄に抗議を入れた長谷が、眉毛をたっぷりと八の字にしながら口まで尖らせた。

「長谷、うるさいぞ。二人とも上がってくれ……ああ、応接間でいいか。ちなみに茶はない」

「……知っていますよ、持参したんで大丈夫です」

長谷は大きくため息を吐くと、靴を脱いで上がり込む。瑠璃も再度お邪魔しますと告げてから家の中に入った。

龍玄と長谷の後に続くと、立派な椅子と机が用意されている応接間に通される。豪華だが人を寄せ付けない雰囲気が漂《ただよ》っており、手入れが行き届いているというより使われていない印象だ。

『お嬢さん、今度からこのお家に住むの？　楽しみやわあ』

『そらええなあ。もうぼちぼち掃除せんと家が傷《いた》んでしまうで、助かるわあ』

『せやせや、お庭も雑草だらけでみっともないしなあ』

室内を見ていると、あちこちから聞いたことのない初めての『声』達の会話が聞こえてくる。驚いて瑠璃は身を固くした。

緊張しているせいだろうか。

聞こえないふりをしなければ。しかし、肚《はら》に力を入れた瑠璃の気を引こうとするように、そこかしこからたくさん騒ぎ立てられる。

黙ってほしくてさらに身体をこわばらせると、長谷が隣でくすくす笑った。

「珍しい、瑠璃ちゃんがそんな落ち着かない様子なの」

「あ、ごめんなさい……」

長谷が話しかけてくれた瞬間、『声』達は一瞬静かになった。それにホッとして辺りに視線を向けた。外から見ても豪華だったが、内装も家具も負けず劣らず立派な屋敷だ。

「この辺はこういう古民家も多いけど、中に入ることって滅多にないもんね」

「ええ、すごいお家で、驚いています」

「先生の前は、有名な書家の先生が住んでいたんだって」

感想を述べる瑠璃に、多くの『声』が返事をする。四方八方から聞こえてくるものだから、瑠璃は長谷との会話に集中できずに手が震えそうになった。

緊張していると思ったのか、来る道の途中で購入していたペットボトルのお茶を長谷が差し出してくれる。

瑠璃はありがたく受け取って、喉に流し込むようにして冷たいそれを飲み干した。

「俺は先生とちょっとだけ打ち合わせするけど、この後予定があるから終わったら行かなくちゃいけないんだ。瑠璃ちゃん、先生と一人で話できる？」

「はい、もちろんです」

「良かった。顔は怖いけど、一応人間だから安心してね。悪いけど、俺の方から先に済ませちゃう」

長谷は冗談を交えながらニコッとする。向かいのソファに腰を下ろした龍玄に、先日のエキシビションの話を持ちかけていた。

その間にもざわざわと『声』が聞こえてきており、瑠璃はたまらず窓の外へ視線を向けた。

（まるで、小学校の教室の中にいるみたい……）

長谷が楽しそうに話をする横で、瑠璃はどうにか静かにしてもらいたくて祈るようにぎゅっと目をつぶった。こんなに多くの『声』が聞こえたことは今までにない。瑠璃はゆっくり呼吸を整えることに集中していた。

「――瑠璃ちゃん、じゃあ俺はこれで行くけど」

言われてハッと目を開けた。長谷が覗き込みながら瑠璃の肩に手をポンと置き、大丈夫大丈夫、と人好きのする笑顔を向けてくる。

「緊張しないで。ゆっくりしっかり話してごらん」

見送りはいらないからと言いながら、長谷は手をひらひらと振ってご機嫌に去って行ってしまった。

おしゃべりの長谷がいなくなってしまうと、空間がとたんに静寂になるはずだった。なのに、四方八方から押し寄せる『声』に心をかき乱される。

「――大丈夫か？」

身を乗り出してきた龍玄に返事をしようとしたが、またもや多くのざわめきが耳に入ってきて一瞬息が止まる。

慌てて飲み物に手を伸ばし、飛び跳ねたあとのように鳴りやまない心臓を落ち着かせようとする。

「本当に、大丈夫か？」

「ええ……」

どっと押し寄せるような『声』にめまいがした。

『お嬢さん、具合悪いの？　あっちのお部屋で休む？』

『あかんあかん、あんな散らかってる部屋で休んだら余計悪なる』

『せやったら、洋室は？』

『あそこも掃除しとらんやろ』

瑠璃はとっさに「目にゴミが」と言い訳しながらハンカチを取り出し、目元と額の汗をぬぐう。

龍玄が心配そうに身じろぎをする衣擦《きぬず》れの音が聞こえて、瑠璃は内心で『声』に黙っていてねとお願いをしながら顔を上げた。

「――大丈夫です、本当に」

一斉に話し始めた『声』達と龍玄に言い聞かせるように、少しだけ大きな声で告げる。龍玄は半分乗り出していた身をソファの背に戻した。瑠璃の発言の意図を読んだのか、幻聴はいったん収まっていく。

（先生のお家に来られた嬉しさで、今日は本当に私の頭も耳もどうかしているんだわ……）

眉をひそめる龍玄に、瑠璃は背筋をしゃんと伸ばすと改めて自己紹介をした。

「助手兼手伝いのことだろう、君が聞きに来たのは」

「はい、詳しくお話を伺いたくて来ました」

瑠璃が返事をすると、途端に『声』達のがやがや音が大きくなる。頑張って聞こえないふりをしながら、瑠璃は龍玄を見つめて集中した。

エキシビションで見た時と風貌は同じだが、あの時よりも数段リラックスしているようだ。

顎下にちょこっと生え始めた無精髭《ひげ》が、小姑《こじゅうと》化した長谷に言われて会期中だけ髭《ひげ》を剃《そ》ったことを物語っていた。

「この通り、でかくて古い屋敷で、一人じゃ手入れができない。部屋は有り余っているからいくらでも使っていい。衣食住は保障する。君にとって悪い話ではないはずだ」

その代わり、と龍玄は長谷が買ってきたペットボトルのお茶を開けて口に含んだ。

「お使いもたんまり頼む。食事も二人分は作らなくちゃならないし、庭も室内も掃除をたくさんすることになる。それでも良ければ……まあ、断るようならわざわざ来ないだろう?」

「引き受けさせていただきたくて参りました」

ここに来ると決めた時点で、断るつもりはなかった。そして、今聞いた話は躊躇《ためら》うような内容には思えない。むしろ瑠璃にとっては好条件ともいえた。

「先生。ぜひ、こちらで働かせてください」

瑠璃の返事に、今まで静かにしていたはずの『声』があちこちで歓声を上げ始めた。瑠璃は一瞬びくっと肩を震わせたが、すぐにコホンと咳払いして頭を下げる。

あまりにもうるさいので、頭を下げたまま目を左右に動かして部屋の中を見たのだが、特になにかがいるようには思えない。やはり、自分の耳がおかしいのだ。

「頼むよ。いつでも都合のいい時に引っ越してきていい。瑠璃の部屋は、そうだな……家の中、見ていくか？」

「お願いします」

龍玄の作品が見られるのかもしれないと、思わず顔がほころぶ。

するとそんな瑠璃を見て、龍玄がほのかに苦笑した。

「長谷から言われていると思うが、散らかっている。覚悟してもらいたい」

立ち上がった龍玄のあとに続いて、瑠璃は屋敷を案内してもらう。あちこち埃が積もっているのが目につき、使われていないという言葉がぴったりだ。

「俺の作業部屋以外で、気に入った部屋があれば好きに使っていい」

「ありがとうございます」

東西に長い廊下が続いており、玄関わきの西側に広い和室二部屋があった。さらに北側に洋室二部屋があり、どちらも幅広の縁側があって日差しがぽかぽかと気持ちよさそうだ。

そこから北東の方に、落ち着いた色合いの木で囲まれた広すぎるダイニングキッチンがあった。

「ああ、もうここはほとんど使っていないんだけどな」

人が十人は座れそうなテーブルに、天井まで届く収納棚の壁は圧巻だ。しかし、いかんせん散らかりすぎている。お茶が出てきたらなんのエキスで抽出されたのかわからない、と長谷が言っていた意味が理解できた。

あまりの散らかりように、瑠璃の目がまん丸くなる。

そんな瑠璃の様子に龍玄はわずかにバツの悪そうな表情になった。

「広すぎるし、自炊は苦手だ」

まるでアニメか漫画のような散らかりっぷりだ。お掃除のしがいがあるを通り越しており、キッチンだったものの残骸で食材の墓場のようになっていた。

（これは、もしかして骨が折れるかもしれないわ……）

いったんそれらを見なかったふりをしてその場を去り、広縁になっている廊下を南下していく形で龍玄のあとを進むと、こちらにも和室二つがあった。

和室二つをくっつけたそこが、龍玄のおもな制作場所であり寝室だという。

見てみたいという気持ちを押し殺した瑠璃を見て、龍玄がいたずらっぽく眉毛を上げた。

「手伝いをすると約束するなら、中を見てもいいぞ。ただし、今まで見てきた場所とは雲泥の差だ」

瑠璃は覗き込んでくる龍玄の瞳を見つめ返してから、先ほどのキッチンの墓場よりも酷いのか、とごくりとつばを飲み込む。

けれど、美大時代にはなんの実験室なのだと思うようになっていた研究室もあった。

それを散々見てきているので、瑠璃には普通の人よりは免疫がある……はずだ。

そしてここで働くのであれば、これは覚悟しなければならないことだ。

「……ぜひ見せてください」

「手伝い確定だな」

少しだけ嬉しそうに龍玄が引き戸に手をかけた。

意を決して、どんな地獄絵図が待っているかと思いながら目を開く。

しかし中はまったく散らかっていなかった。むしろ、塵《ちり》の一つも落ちていない。

広い畳の部屋には、下絵が描かれたパネルに墨が入れられて、濃淡だけで景色を見事に再現している。

その横に筆がいくつも吊るされており、絵の具も棚の中にきれいに陳列されていた。

「──あ、あれっ……？」

拍子抜けした瑠璃の表情に、龍玄は壁に寄りかかってくすくすと笑い始めた。

「ここだけは、きれいにしておかないと道具がなくなっても困る」

からかわれたんだと思って赤面すると、龍玄は悪かったよと瑠璃の頭にぽんぽんと手を乗せた。

「あとは離れと蔵と庭しかない。キッチン横の洋室が気に入ったんだったら、そこが今日から君の部屋だ。早く引っ越してくるといい」

龍玄は人の動きや視線をよく見ているようで、気に入った部屋をすぐに当てられて瑠璃は驚いた。思えば所作を見ただけで着物を着慣れているとわかるくらいなので、とても視野の広い人なのだろう。

「ありがとうございます。あの、先生」

瑠璃は部屋の引き戸を閉めた龍玄を呼び止め、気持ちをしっかり固めて深々とお辞儀をした。

「一生懸命働きます。どうぞ、よろしくお願いします」

「ああ、頼むよ」

龍玄が瑠璃の肩にポンと手を置いてから、すぐに手のひらを離す。

『やった、お嬢さん来てくれるんやね！』

『これでキッチンがきれいになる、ああ、お庭もやわ』

『家が汚いとやる気も出んからなあ。ああ楽しみやわ、早よ来てやお嬢さん』

さんざめく『声』にはほんの少し心配になったのだが、龍玄の家は不思議と居心地が良く、日当たりの良い縁側がとても気に入った。

古民家は趣《おもむき》があり、木の温もりが優しい。

雑踏と空に伸びるビルの群れよりも、この世界と切り離されたかのようなのんびりとした家のほうが、瑠璃は気持ちが穏やかになれるような気がした。

今ここで、こんなにも好条件の再就職先を失うわけにはいかない。

(私が黙っていれば、幻聴のことも知られないはず……)

瑠璃は謎の『声』が聞こえないふりをすることを一念発起した。この家で働けることが、今からとても楽しみで仕方がない。

龍玄の家を去った帰り際、我慢できなくなって文房具屋へ立ち寄った。ずっと側で見守って心配してくれていた奥さんに、事の経過をすぐに伝えたかった。

瑠璃が毎日来なくなるのは寂しいけれど、いい就職先とお家が見つかったなら良かったと奥さんは手放しで喜んでくれた。

駆け出すように社宅のアパートに向かい、瑠璃は元居た会社に連絡をした。退去と新しい就職先の決定を告げると、元上司の心底安心したような声を聞くことができた。

(こんなに心配してもらっていて、私は幸せだわ……新しい仕事、頑張らなくっちゃ)

勢いで引っ越し業者にも連絡をしてみると、たまたま時間的に余裕があるようで、すぐに手配も完了してしまった。

今まで新しい家探しが億劫だったのが嘘のようだ。驚くほどとんとん拍子に事《こと》が進んでいく。

期待と不安を抱えつつ、生活のために瑠璃が龍玄の家へ住処を移したのは、それから一週間後のことだった――

＊

誰もいないのに、どこからか知らない『声』が聞こえてくる。

小さい時から聞こえてくるそれは、聞こえないふりを続けていたら本当に聞こえなくなっていた。

だが、瑠璃が自分の幻聴の再発に気がついたのは中学生の時だ。

『瑠璃、画びょうが落ちてるから踏んだら危ない』

聞こえたのはその一瞬だったはずだ。それからしばらくは謎のしわがれ『声』が聞こえることはなかった。時たま、思い出したように話しかけてきては瑠璃を驚かせたのだが、ほんの一言二言で済んでいた。

なのでたいして気にもしていなかった。しかし、『声』が聞こえることは、高校生になっても継続していた。

気になって耳鼻科で調べたのだが、どこにも異常がないと言われてしまい、それから瑠璃はまた気にするのを止めた。

幻聴がひどくなったのは大学入学前で、聞こえてくる頻度がずいぶん増した。過度のストレスだからなるべく気にしないようにと医者には言われたのだが、それは一向に治らなかった。

——文房具にもごくたまに欠陥品がある。

買いたてのボールペンなのに、インクも満タンなのに、いざ書こうとするとまったくインクが出ないものがある。購入した絵の具が古いものだった時は、チューブから分離した油が先に出てくることもある。

頻度は少ないのだが、確率的に起こり得る。

自分も文房具の不良品と同じだ。頭の中の『声』が聞こえてしまう、ちょっと欠陥のある人間なのだ。

大学生活も中盤に差し掛かった頃には、『声』を過度に意識するようになった。

それは欠陥のある自分というイメージと重なり、瑠璃の作品にもれなく投影されるようになっていった。

完璧に近い写実性を持ちながら、他人に聞こえない『声』に言われるがまま意味不明な線を上から別の色でつけ足す。

そんな二重構造のようになった作品を、瑠璃は好んで描き続けた。

緻密で繊細な絵画のこれでもかというほどに整頓された絵画の世界に、上から覆いかぶさるようにして存在する、正体不明のありえない線や落書きのようなものの数々……

瑠璃の作品は細密画でありながら、常軌を逸していると評価された。

学内の評価は悪くなかったし、その時の瑠璃は自分の絵が嫌いではなかった。

瑠璃の謎めいた行為は、周りの天才達との差異を少しでもなくそうとしているかのように映ったに違いない。

結局、彼らのような才能には、かすりも届きもしなかったのだが。

充実した学生生活を送っているうちに、両親が大学の学祭を訪れたことがあった。

楽しんでいた様子だったのだが、瑠璃の提出した課題の絵を見たあとに、複雑な表情を浮かべていた。

席を外して戻ってきた時に聞こえてきた二人の会話に、瑠璃は申し訳ない気持ちでいっぱいになったのを覚えている。

『瑠璃はやっぱり身体に欠陥か病気があるのよきっと。あの絵を見てよ……小さい時にもおかしな行動を取っていたでしょう？』

母は幼い時の瑠璃の異常な行動を心配していたが、また心配をかけてしまった。

ずん、と瑠璃の胃の奥が重くなる。

『あの子、やっぱり普通じゃないわ。今は平気でも、またなにかあったら……』

母が心配でこぼした言葉に対して、父は眉間のしわをさらに深く刻む。

『瑠璃はいたって普通だ。なにも異常がないじゃないか』

『あなたはそう言うけれど、どう見たってあの絵はおかしいわ』

『瑠璃は平凡だから、ああやって天才のまねごとをしているだけだ』

母が瑠璃を心配するたびに、瑠璃が普通であることを異常なほど父が強調する。

(多分、私は欠陥品なんだと思う。それを母さんは心配していて、父さんは必死に見ないようにしているんだ……)

それから両親が学祭に来ることはなくなった。それをさびしいと思う気持ちは瑠璃にはなかった。むしろ、心配をかけないでいいことに安堵していた。

就職して仕事に忙殺される日々では、瑠璃を困らせていた『声』が聞こえることは少なくなっていた。

しかしまさか、再就職という形で引っ越しをした先の、龍玄の家でそれが再発するとは夢にも思わなかった。

(――大丈夫かな、私……)

瑠璃は心配を胸に抱えながら、引っ越し作業のため龍玄の家の前に立っていた。すると、中から大きな人影が見えて家主が近づいてきた。

今日から、龍玄とともにこのお屋敷に住むことになる。

「お疲れ。トラックはあとから来るのか？」

「はい。お世話になります」

「かしこまらなくていい。ここはもう瑠璃の家だ」

「ありがとうございます」

龍玄の優しいまなざしにホッとした。

中に入って、自分の部屋となる予定の洋室を掃除する。物は置かれておらず、雑巾で床を拭くと、真っ黒になって仰天した。恐る恐る足の裏を見ると、思わず笑ってしまうほど汚れていた。

（先生は、自分のお部屋以外はまったくお手入れしていないのね）

物がないので幸いにも床と壁の掃除だけで済んだ。真っ黒になってしまった雑巾とバケツの水を見て、瑠璃はなんだかおかしくなって苦笑いをかみ殺す。

コンコンとノックが聞こえて入り口を見ると、龍玄が立っていた。瑠璃が慌てて立ち上がろうとすると視線で制止される。

「棚は、使えそうか？」

言われて、部屋の脇に置かれたままになっている棚を見て瑠璃は頷いた。

「素敵な棚です。使わせてもらうのがもったいないくらいです」

飴色に光っていて、とても丈夫そうだ。瀟洒《しょうしゅ》な飾り彫りが美しく、陽の光を跳ね返している。

「前の持ち主が置いていったものなんだが、使えるなら使ってくれ」

「ありがとうございます。前の方は、たしか書家の先生でしたよね?」

「ああ、まあ……」

煮え切らない返事だったのだが、瑠璃が疑問に思うより先に引越しのトラックがやってきたようで、玄関から騒がしい雰囲気が伝わってくる。

瑠璃に部屋にいるように言い残して、龍玄は玄関へ向かって去っていった。

『家具家電付きの狭いアパートから、家具家電お庭つきのどえらい大豪邸へ引っ越しや。良かったなあ』

いきなりしわがれ『声』が聞こえてきて、瑠璃は肩を震わせて辺りを見回す。もちろんそこに誰かがいるわけではなく、瑠璃一人だけだ。

(変な行動を取らないようにしなくっちゃ……気をつけよう)

とても鋭い龍玄におかしいそぶりを見せるわけにはいかない。瑠璃は一気に気持ちを引き締めた。

しわがれ『声』が話しかけてくるのを無理に無視して正座のままソワソワしていると、業者の人が縁側から現れた。

瑠璃が慌ててお辞儀を返すと、段ボールがどんどん運ばれてくる。それを部屋のどこに置くのか指示を出しながら、一緒になって荷物をバタバタ運び込んだ。

「――なんだ、荷物少なかったんだな」

あっという間に引っ越し業者が帰ると、ベッドと数箱の段ボールしかない瑠璃の部屋を見て龍玄が口をへの字に曲げた。

「これだったら、俺がトラックを借りてきた方が早かったんじゃないか？」

「いえ、そんなご迷惑をおかけするわけにはいきません。お気持ちだけで十分です」

龍玄は美しい眉を上げ、面白くなさそうにため息を吐いた。瑠璃はさっそく怒らせてしまったかもしれないと委縮する。

すると、また『声』がどこかで聞こえる。

『お嬢さんも甘えたらええのに。龍玄は顔怖いけど、中身までは怖くないで』

『手伝ってもろたらええんや、どうせ龍玄なんか暇なんやから』

瑠璃は急いで聞こえないふりを決め込む。

前回龍玄に会った時にもたくさんしゃべりかけてきて困っていたのだが、今日も絶好調に『声』が瑠璃の脳内で響いている。

頭の中の妄想の人格達だというのに、すでに雇い主のことを呼び捨てにし、龍玄のことをずっと昔から知っている風だ。

「まあ、疲れただろうから茶でもと思ったんだけど、キッチンがあの状態だから無理だ。ポットさえ使えるのかわからない」

瑠璃がうつむくと、龍玄は気まずそうにポリポリと頭を掻いた。

『ほんまにはよお掃除せな、キッチンだけやのうて、色んなところがやばいんや』

この家に来てから時折聞こえてくる鼻にかかったような渋みのある『声』が、困ったもんだとため息を吐く。

瑠璃はやっぱりキッチンが一番ひどいんだなと内心苦笑いをする。あまりにも家中が散らかっているので、明日はどこから掃除をしようか迷っていたのだが、今の『声』で手を付ける場所が決まった。

「先生。明日、よろしければさっそくキッチンからお掃除させてください」

「ああ、それは助かる」

「それから、今夜のお夕食はどうしたらいいでしょう？」

そこまで聞いたところで、龍玄が右肩を払った。

――いや、正確には、なにかを摘《つま》みあげるようなしぐさをする。

それと同時に、『わ、そこは引っ張らんといてや！』とひどく焦った『声』が瑠璃に聞こえてきた。

「――……えっ⁉」

龍玄が掴みあげた『なにか』をぽいっと捨てるような動きをすると、瑠璃の耳には抗議の怒り『声』が聞こえてくる。

『あかんあかん、腰打ってしもた。なんや龍玄のやつ、えらい乱暴しよって腹立つわあ！』

「腰を打った？　痛い？　だ、大丈夫ですか……⁉」

心配になって思わず声に出してしまってから、ハッとして瑠璃はすぐさま口元を両手で覆う。そのままゴホゴホと咳払いをしながら、うつむきつつ身体を少しだけ背《そむ》けた。

――どうか先ほどの自分の呟きが聞こえていませんように。

そんな祈りもむなしく、龍玄がものすごく怪訝そうな顔をしているのが目の端に映る。

心臓を氷の爪で引っかかれたような気持ちになって、途方もなく慌てた。

変な人だと思われて、出ていくように言われたら仕方ないでは済まされない。掘ってしまった墓穴をどうにか埋めようとして口を開きかけたところで、含みのある龍玄の表情に瑠璃は声を失った。

「……瑠璃」

声とともに射貫《いぬ》かれて、瑠璃は途端に気まずくなる。壁に寄りかかって腕組みをした龍玄を、今から首を斬られるかのような気持ちで見上げた。

自分でもわかるくらい、みるみる全身から血の気が引いていく。指先が真っ白になったところで、龍玄は体勢を維持したままじっとりと瑠璃を上から見据えた。

「君には、なにか見えているのか？」

「――なにも、見えていません‼」

龍玄が部屋の中に入り込んできて、おもむろに瑠璃の両頬に手を添えて顔を上向きに押し上げた。覗き込んでくる瞳の強さに瑠璃の背筋が凍える。

「正直に言ってくれ」

強い口調ではあったが、龍玄のまなざしに怒っている様子はない。染み入るように瑠璃を見つめている。

しかし同時に、下手に言い訳をするようならそれこそ出て行けと言われそうな雰囲気を纏っており、思わず気圧《けお》されてしまった。

「……本当です、見えていません……」

「じゃあ、さっき俺の行動に反応したのはなぜだ？　『腰を打った』、『痛い』とは、どういうことだ？」

ぐっとさらに距離を詰められて、龍玄の瞳に自分自身が映り込んでいるのが見える。瑠璃は恐ろしくなってぶるぶる震えた。

「見えてないんです、本当です。私には、なにも見えていません。ただ、時々変な『声』が……」

瑠璃の返答に龍玄は目をぱちくりさせる。瑠璃から手を離すと、腕組みをして目の前に座り込んでしまった。

「変な……『声』？」

瑠璃は目の前で胡座《あぐら》の姿勢になった龍玄に向かって、小さく何度も首を縦に振る。

「どういうことだ？」

「中学生くらいの時から……時々、変な『声』が聞こえるんです。誰もいないのに聞こえてきて、話しかけられて……」

「誰もいないのに、聞こえてくる？」

「ご……ごめんなさい。何回も検査しましたが、異常がないと言われてしまっていたんです。隠していたことが気に障ったなら、謝ります」

頭を下げようとするのを、龍玄が慌てて両手で押しとどめる。

怖くなってしまっていた瑠璃の目からは、ぽろぽろと涙があふれていた。

「ごめんなさい、先生……」

いきなり泣き出した瑠璃に、龍玄の方が慌て始める。

「待て、泣くな。責めているわけじゃないんだ」

言いながら、骨ばった指先が瑠璃の目じりをぬぐった。

「ごめんなさい」

「謝らなくていい」

変な『声』が聞こえるという悩みを、家族以外の人にこうして打ち明けたことなどなかった。瑠璃の目から、堰《せき》を切ったように涙があふれてくる。

もうここでおかしな人間だと知られてしまったなら、今すぐ出ていけと言われるだろう。

せっかくうまくいきそうだった矢先の出来事に、胸の内に溜めていたものがどんどん込み上がってくる。

「私、たぶんおかしいんです。病気なんです。でも、検査で異常が見つからなくて、だから診断書もありません。誰もいないのに『声』が聞こえて……私は人間として、大事ななにかが欠けているんです」

「瑠璃、落ち着け」

「でも、一生懸命にお仕事します。ですから、どうか追い出さないで――」

「落ち着けって！」

ぐい、と引っ張られて龍玄に抱きしめられていると気がついた時には、驚きすぎて涙がぴたりと止んだ。

どくんどくんと、龍玄の鼓動が近くに聞こえる。人の温もりを間近で感じて、爆発しそうになっていた気持ちが徐々に落ち着いていく。

「落ち着け、瑠璃。君は、欠損なんかしていない……」

子どもを寝かしつけるように背中を優しくとんとん叩かれると、龍玄の声がくっついた身体からも反響して聞こえてくる。

「でも……」

今度は息が止まるほどに抱きしめて、龍玄は否定を強く主張した。状況を冷静に理解しようとして、途端に瑠璃の心臓がバクバクし始める。

「していないから、落ち着いてくれ」

反響する声を聞くと、瑠璃の目からたった今驚きで止まったばかりの涙がまたもや押し寄せてきた。龍玄は身体を離し、作務衣《さむえ》の裾で瑠璃の涙をゴシゴシぬぐう。

「君が欠けているというなら、俺だって欠けている」

「ち、違います。先生はそんなことない、立派な人で」

「いいから見ろ、これを」

言われて瑠璃の目の前に、龍玄が『なにか』を突き出した。明らかに瑠璃にかざして見せているのだが……しかし、それを瑠璃の視界が捉えることはできない。

『お嬢さんは見えとらんのやね。でも、私の声が聞こえとるやろ？』

「ええ、聞こえてます……え、ちょっと待って、どういうことですか？」

かざした『なにか』の後ろから、龍玄がなんとも言えない表情をして瑠璃を見つめた。

「君は、見えていないけど、聞こえているんだろう？」

龍玄は鬱陶《うっとう》しそうに『なにか』を持ち上げ、そして左右に引っ張る動作をする。

『いいい痛い痛い、乱暴せんといて！』

龍玄の動きに合わせて、どこからともなく抗議する悲鳴が聞こえてくる。

「え、ええっ……⁉」

瑠璃は困惑しながらも、慌てて状況を把握しようとした。

こんな風に聞こえてくる『声』は、自分が創り出した妄想だったはずだ。しかし、今目の前で起こっていることは一体……？

「なにが聞こえている？」

「えっと、痛いから乱暴しないでって」

瑠璃は正直に答えて、眉間にしわを集合させている龍玄を見つめた。

「その、先生。これはつまり……？」

「これは、『もののけ』だ。俺がいつも描いている、あいつらだ」

龍玄の答えに瑠璃は涙さえ引っこんで、代わりにぽかんと口を開けた。冗談にしては凝《こ》りすぎているし、驚かせるにしてもやりすぎだ。

「先生。私、なんて答えていいか……」

「……ひとまず、茶でも飲むか」

龍玄はもののけだという目に見えない『なにか』を引っ張るのを止めて、ため息を吐きながらポンポンと空中を撫でるようなしぐさをしたのだった。

＊

龍玄には、小さい時から変なものが見えていた。

『それら』は、いつも龍玄の側にいて、現れては消え、そしてまたどこからか現れる。

謎の現象の話を色々な人にしたが、目の錯覚だと言われて笑われて終わる。

病院で診てもらっても、なんら異常はない。

眼科だけでなく、大学病院まで行って全身をスキャンしてもらったところで、異常は見当たらないどころか、いたって健康だと言われた。

時たま恐ろしい姿かたちの『それら』を見ることもあったし、困っているような様子の『それら』を見ることもあった。

そのせいだろうか。龍玄はほんの少し、普通の人と外れた感覚を持って生きてきた。

龍玄は自分には霊感があるから、変なものが見えてしまうのだと思い始めた。霊感という言葉で済ませてしまえば、それによって都合よく謎の現象を解釈することができた。

思春期を過ぎれば見えなくなるという話を聞いてからは、能力の喪失をずっとずっと待っていた。

……残念ながら、見えなくなることはなかったのだが。

結局小さい時は友達にからかわれ、学生になると変な目で見られ、大人になってからはそれを隠すのに必死で人付き合いをしなくなった。

見えているのに、見えていないようにふるまうことは難しく、常に神経を張り巡らせなくてはならない。だから、いつの間にか人の動きや視線に敏感になっていた。

そんな生活に嫌気がさしてからは、人と距離をとった。そのうち人間嫌いと言われるようになっていたが、実際には人間ではなく『それら』のことを恐れていたのだ。

龍玄が人と距離をとればとるほど、人ならざる『それら』は龍玄の目の前に現れるようになってしまった。

龍玄の周りは、いつだって人以外のもの達で溢れていた。だから、見えなくなるようにずっと願い続けるしかなかった。

だが、願いとは逆に日に日に鮮明に目に映るようになっていた。

(きっと、なにかがおかしいんだ、俺は――)

人に見えないものを見るなど、尋常ではない。

居ても立ってもいられず寺へ駆け込んだこともあった。しかし、功徳《くどく》と修業を積んで見えるようになることや、感覚を研ぎ澄ますようになることはできても、逆に断ち切るというのはできないと諭《さと》された。

結果的に、龍玄が抱えるストレスをぶつけることができたのが、真っ白いキャンバスだけだった。

人に話せば理解されないか笑われるか気味悪がられる。しかし、真っ白いキャンバスは、龍玄の見えている世界を常にすべて受け入れてくれた。

だから、『それら』が住んでいそうな世界と目の前の世界を融合し、残酷で美しくて、そして恐ろしい世界の風景を描き続けた。

目に映っているもの達を描くことをしなかったのは、なぜ描いたかを聞かれた時の返答に困るからだった。

見えていると素直に言えれば楽だが、世間はそれを受け入れてくれることはないと踏んでいた。若くしてそれがわかるくらい、龍玄の心は荒《すさ》んでいたとも言える。

それ故に、龍玄の絵は異質でおどろおどろしかった。

この世とあの世の狭間《はざま》の画家。そんな枕詞《まくらことば》がついたのは高校時代で、龍玄の持つ独特な世界観は、どこでも賞をかっさらった。

美大に入ったのもその延長で、天才画家と呼ばれて在学中からとても注目を集めた。しかし、作品が話題になればなるほど、なぜか心の中の空白は増えていく。

描いても描いても満たされず、憑《と》りつかれたように絵を描くような日々が続いた。

人を嫌い、一人でいればいるほど、龍玄の瞳は鮮明におかしなものを映してしまう。苦しみもがきながらも、しかし『それら』を遠ざけるために、今さら人と一緒にいることなどできなかった。

人と関わっている最中に変なものを見て反応してしまえば、たちどころに変人扱いだ。

龍玄は常に孤独だった。周りに人以外のもの達が溢れていくのに比例して、心の中の孤独感は増していった。

そして、卒業して数年後にストレスの頂点を迎えた。

急になにも描けない日々が訪れたあとになってようやく、龍玄はついに目に見えている『それら』を描いた。

そうでもしなければ、自分自身がどうにかなってしまいそうだった。

苦しみぬいた末の選択だった。

変人扱いされることを覚悟し、生きづらいこの世の中で生きていくしかないと決めた時にやっと、その奇怪な生き物達を受け入れて描くことができた。

そしてそれが、奇しくも日本中で絶大な人気を誇ることになる、もののけ画家龍玄の誕生となったのだ――

＊

「――今俺が描いている、いわゆる『もののけ』達。俺は、そいつらの姿が見えている」

龍玄は仕事部屋の畳の上でそんな風に話を締めくくった。

それから重い手つきで膠《にかわ》をふやかすために置かれたポットに入ったお湯を注いで、龍玄が瑠璃に手渡す。

茶を飲む予定だったが、墓場になってしまっているキッチンから茶葉と急須を見つけることは不可能だと判断して、結局龍玄の作業部屋に避難したのだ。

手びねりの渋い湯のみを受け取り、入れられた白湯《さゆ》を一口飲みつつ、瑠璃は今しがた起こった出来事が一体どういうことなのか理解できずにいた。

そんな瑠璃に噛んで含めるような言い方で、龍玄はぽつりぽつりと話をしていた。

「眼科にも行った、それだけじゃ飽き足らず、大学病院に入院して脳波まで調べた。異常はないと言われて、絶望した……」

愁《うれ》いを帯びた瞳で、龍玄は瑠璃を見つめる。

「作品について、もののけが見えているのかとよく聞かれる。それにいつも俺はあいまいに答えているのを知っているか？」

「ええ、存じています……」

瑠璃が今まで読んだ雑誌の多くで、もののけの存在が見えているのかという質問をされていたが、龍玄は答えを明言していなかった。

「本当のことを言えば、見えているんだ……こんなことを人に話したことはない。頭がおかしいと言われるに違いないからな」

瑠璃はまだ涙が出てきそうになる目をしばたたかせてから、手元の湯飲みと龍玄を見比べた。

先ほど痛い痛いと騒いでいた『声』の主は、今は龍玄の膝の上に乗っているという。ぶつくさとものけから文句が聞こえてくるものの、おおむね静かにしてくれていた。

「……先生に、もののけが見えている……？」

「ああ。俺の膝の上で座っているのも、よくわからん小鬼だ」

龍玄は白い紙を取り出して、膝の上に座っているもののけをさらさらとペンで描く。

それを見せられて、瑠璃は複雑な気持ちで眉をひそめた。

龍玄が描いたのは小動物にも似た生き物で、目はくりくりしていて眉毛代わりの斑《たん》が愛らしい。しかし、ぷっくりしたウサギのような口元から鋭そうな牙が覗いていた。

さらに、ニホンカモシカのような短い角が頭上から生えており、ナマズのような長いひげが左右に一本ずつ見える。二本足で歩く時には、長いふさふさの尾っぽでバランスを取っているのだと龍玄が口頭で付け加えた。

「大きさはこれくらいで、薄い紫色の毛で覆われている」

龍玄が手で小鬼だというそれを掴む。ちょうど、ハムスターかモルモットくらいの小さいサイズのようだ。

龍玄にこれが見えているのかと思うと、瑠璃はなんとも言えない気持ちになる。

『小鬼やのうて、家鳴《やな》りやで。お嬢さん訂正したってや』

聞こえてくるのは、エッジの効いた渋みのある『声』だ。この家に入ってからよく聞こえている正体が目の前にいるとわかり、恐る恐る龍玄に向き直った。

「小鬼じゃなくて、家鳴《やな》りだって言ってますけど……」

瑠璃が伝えると、龍玄は驚いて目を開けたあとに、小さな笑みを口の端に乗せた。

「へえ……本当に声が聞こえているとは。見えてはいないんだな?」

瑠璃は神妙な顔をして頷いた。

「……私はてっきり、自分の作り出した妄想の別人格が話してくるのだと思っていたんですが……」

「こんなものが見えているんだ。俺だって、頭がおかしくなったんじゃないかといつだって思っていた」

龍玄と顔を見合わせ、ふと緊張がほぐれたように微笑みあう。

「――……つらかっただろ、瑠璃」

龍玄の呟くような一言に、瑠璃は胸にずっとつかえていたものをようやく呑み込んだような気持ちになった。

「俺達は、一般的に理解されない。自分をずいぶん責めたんじゃないのか？」

瑠璃は下唇を噛みしめた。思わず、湯呑みをぎゅっと強く握りしめる。

机に肘をついた龍玄が、手を伸ばしてきて瑠璃の頭に置いた。見上げれば、穏やかで慈愛に満ちた眼差しが自分に注がれている。

「ここの家ではなにも我慢しなくていい。俺も我慢はしない。俺達は、恐らくわかりあえるはずだ」

龍玄は、がんじがらめになっていた人生をすっと軽くしてくれる。

瑠璃は慎重に頷き返したあと、大きく息を吐いて肩の力を抜いた。

『良かったなあ、お嬢さん。もっと楽にしい、誰も責めへんから』

薄紫色のもののけに労《ねぎら》われると、瑠璃はこの家に来て良かったのかもしれないと、やっと胸をなでおろした。


この屋敷に住みついているというもののけ達は、瑠璃のことを歓迎しているようで、ひっきりなしにたくさんの彼らの騒ぎ『声』が聞こえてきていた。

あまりにもずっと聞こえてくるので、瑠璃が辺りをきょろきょろと見回してしまうほどだ。我慢しなくていいと言われたものの、まだ慣れていないせいで探るように目を配ってしまう。

そんな瑠璃の様子に「焦らなくてもいい」と龍玄はほほえましそうにしている。

引っ越しの荷物を片付け終わると、夕食に出前の蕎麦《そば》を頼むことにした。

ダイニングも恐ろしいありさまなので、結局龍玄の仕事部屋で食べることになってしまい、瑠璃は恐縮していた。

明日からは、とにかく散らかりっぱなしの家中の片付けが待っている。さらにそれが終われば、掃除をしなくてはいけない。

もう十一月なのだから、急がなければ年が明けてしまうような気がしていた。

やることを数えればきりがない。助手兼手伝いを請け負ったはいいが、いざ住むとなってみれば、相当大変な仕事であることが予想できた。

しかしそれと同時に、我慢しなくていいと言われたことが心に染み入って、ワクワクした気持ちが止まらない。

溢れ出しそうになる気持ちを落ち着けるように、瑠璃は出前の蕎麦《そば》をこれでもかというほどゆっくり食べていた。

とっくに食べ終わっている龍玄は、瑠璃の横に座って新聞を読みふけっている。待たせていることを申し訳なく思うのだが、龍玄は特に気にしている様子ではなかった。

「先生、ごめんなさい。私まだ訳がわからなくて……」

龍玄はちらりと瑠璃を見てから、また新聞に視線を戻す。

「食べるのも遅くて、待たせてしまって申し訳ないです」

「ゆっくり食べればいい。小鬼――家鳴《やな》りも瑠璃が来てくれて嬉しそうにしている。あいつ、あそこで大口を開けているが、なんて言っているんだ？」

龍玄は胡散臭そうに半眼になると、縁側へ視線を向けた。瑠璃にはもちろん、彼らがなにを言っているのか聞こえているのだが、それを伝えてよいものか迷っていた。

瑠璃が困った顔をしていると、龍玄はどうやら言われている内容に見当がついているのか、ムスッとした顔になる。

「別に、俺はなにを言われても構わない」

「……『やっとお家がきれいになる、龍玄は掃除もしないし散らかしっぱなしで』……え、それはちょっと言えないわ」

意を決して会話を伝えたものの、雇用主に対して言うにはあんまりな内容だ。ちらりと瑠璃が龍玄を見ると、眼圧に気圧《けお》されてしまった。

「あの、ごめんなさい」

「いい、ちゃんと伝えてくれ」

「『阿呆すぎて家が汚すぎて運気が下がりっぱなし。恋愛運ダダ下がり』……先生ごめんなさい」

「瑠璃が謝る必要はない。あのチビが言っているんだろう？」

「ええ、まあ……」

龍玄は恨めしそうに睨みつけていたのだが、もののけが近寄ってきたのか、その額を指先で小突いているようだ。『痛い‼』という文句は瑠璃にしか聞こえないので、龍玄は「大きなお世話だ」とふんと鼻を鳴らして、また新聞に視線を戻した。

『ああもうっ！　本当のこと言うてなにが悪いねん‼』

ぷんぷんと怒った声に、瑠璃はたまらずクスッと笑ってしまった。

長年悩んできた謎の『声』。

まさか病気ではないと言われる日が来るとは、夢にも思っていなかった。

……しかもそれが、もののけなどという、正体不明のものだとはにわかに信じられない。

しかし、龍玄の言うもののけが存在するのであれば、これまでのおかしな現象にも説明がつく。急に聞こえてくる第三者的な『声』は、瑠璃の妄想の領域を超えていることがしばしばあったからだ。

(もののけだなんて……不思議、龍玄先生は、見えているのよね)

龍玄の瞳にはもののけ達の姿が映っているようだが、彼らの声は聞こえていない。

逆に、瑠璃には声は聞こえるが姿は見えない。

科学で説明できない不可思議な現象がこの屋敷の中では起きていて、そんな馬鹿げた話があるかと思う。

しかし同時に、もののけという存在を認めてしまえばすべてが解決する。自分が悩まされていたことのほうが、さらに馬鹿げているとさえ思えてしまった。

「……瑠璃は信じるか？　もののけの話……」

すっかり伸びてしまった蕎麦《そば》をもそもそ食べる瑠璃に、龍玄が訊ねる。その声音には今までの苦労が滲《にじ》み出しているようだ。

「信じられないというのが本音です……けれど、先生が嘘をついているようにも見えません」

「そうか」

「医者にも私にもわからなかったことが、一瞬で解決してしまって、ちょっと面食らっているというか……」

なんとも歯切れの悪い返事だと思いつつも、実際胸の内は複雑だった。

もののけの存在を認めてしまったら、自分が人とちょっと違っているということを認識しなくてはならない。

それがうっすら恐かった。

この世界では、平凡でいるほうがいいのだ。人と違うことをしたり、異なる考えや感性を持つ人に、この世界は優しくない。

だから、たとえ自分が人と違っていたとしても、みんなと同じようにしているのが正しくて楽な方法だということを瑠璃は知っている。そして、龍玄もそれを知っているから、もののけが見えていると公言していないのだ。

人と違う自分を容認するのはこの世界で最も難しい、と瑠璃は思った。

「ちょっと怖く感じています。自分自身が、異常だということに」

素直に伝えると、龍玄はしばし黙考する。

「……例えば俺達は、紫外線というものの存在を知っているが、それが目に見えるわけではない。X線もそうだし、原子や分子、ウイルスや感情や匂いもそうだ」

座椅子にゆったり背を預けた龍玄は、新聞を置き、口元に手を当てながらぽつりぽつりと話し始めた。

「人の目が見ているものは、世界中に溢れる色々な物のうちのほんの一部。ごくごくわずかで、限られたものでしかないんだ。目に見えないもの、聞こえない音の方が、この世界には数多く存在している」

そこまで話すと、龍玄は手が止まったままの瑠璃を見つめた。龍玄が言いたいことを、瑠璃はなんとなく理解できている。

人が感知できない音や色や匂いを、別の生き物が感知していることはよく聞く話だ。つまり、それは人にはわからないだけであって、確実に世界に存在している。

瑠璃が頷くと、龍玄はゆっくりと続けた。

「世の中には、スーパーヴィジョンという、普通の人間には見えていない色を知覚する人間もいるという。食べ物を補給せず、水だけで何十年も生きている人間もいるらしい」

「つまり、その……私達の耳や目は……」

「まあ、普通の人よりちょっとだけ、聞こえない音を拾ったり、見えないものを見たりしているということじゃないだろうか」

「少しだけ普通とは違うということですよね？」

「瑠璃の言う『普通』とは、なにを指す？」

この世に普通も常識も存在しないことを暗に指摘され、瑠璃は口をつぐむ。

「俺達が感じている『普通』は、ただ世間の平均値に近いものにすぎない」

「おっしゃる通りです」

「平均値から少し外れているとしたら……それは、異常なことか？」

あまりにも正論すぎる言葉に、瑠璃は押し黙った。

しかし、これが異常でないというのなら、なんと言うのだろう。

「他の人間より優れた感覚を持つ彼らが異常かと問われれば、特殊であるとしか答えられないんじゃないか？」

「……たしかに、言われてみれば……」

「これを異常と感じるのか、それとも特殊能力や超能力、はたまた神からの授かりものや、才能の開花だと感じるのかは、すべて本人次第だろう」

瑠璃は龍玄の言葉に納得した。要は、とらえ方次第で物事はなんでも変わるのだ。

「少なくとも俺は、異常だと思うことをやめたんだ」

その言葉に瑠璃は弾かれたように彼の顔を見つめた。

視線に気がつくと、龍玄はまっすぐ瑠璃を見つめ返してくる。彼の瞳は、いつだって瑠璃を真剣に捉えてくれていた。

「まあ俺も、正常だとは思っていないけれどな」

龍玄は真面目くさった顔から力を抜き、いつものちょっとムスッとした表情になった。

「ただ俺の生きている世界には、こいつらもののけが居てもいいんじゃないか、そう思って生きるようにしている」

言ってから龍玄は突然眉根を寄せるなり、『なにか』を摘《つま》みあげて追っ払った。

新聞が読めない、邪魔だと鬱陶《うっとう》しそうに文句を言い始める。瑠璃の目に見えない『なにか』との攻防の末、どうやら諦めたのは龍玄のようだ。

髪の毛をガシガシ掻きむしると、だらんと座椅子の背もたれに寄りかかった。

「俺にしか見えない世界なら、それはそれで良しとした。可もなく、不可もない。これが俺の出した結論だ」

瑠璃はどうだ、と龍玄に訊ねられているような気がした。

だが、先ほどもののけの存在を知り、それが悩まされていた『声』の正体であると聞いたばかりで、いまだ現状に理解が追いつかない。

黙っていると、龍玄が首をかしげて言った。

「人と違うことを認めなくてもいいんじゃないか？　正解や正しさなんて、この世界に一つもないんだ」

「まだ、私には……」

「結論を出せとは言わない。ただ俺は、この家では我慢しなくていいということを伝えたいだけだ」

「ありがとうございます先生。その……先ほどから騒いでいる声がずっと聞こえているのですが」

瑠璃は我慢しなくていいのならと、ずっと気になっていた喧騒のことを訊ねてみた。

すると、龍玄はものすごい仏頂面になったのちに、縁側をビシッと指さした。

「……あいつら、よっぽど瑠璃が来たのが嬉しいらしい……ひとんちの縁側で俺に一言の許可もなく、勝手に宴会騒ぎをしてやがるんだよ」

あまりにも嫌そうに言うものだから、瑠璃はあっけにとられたあと、辛抱できずに笑ってしまって口元を慌てて隠した。

「なにかおかしいことをこいつらに言われたか？」

「いえ、先生の表情がなんともいえなくて……ごめんなさい。ああ、なんかやっと、ホッとしました」

心配そうに身を乗り出していた龍玄は、瑠璃の様子に拍子抜けしたようだ。ふと口元を緩めて、腕組みをする。

「あそこで酔っ払って腹出して寝ているやつらには腹が立つが……それで瑠璃がホッとできたならまあ、いいか」

安堵とともにゆっくり気力が湧き出してくる。伸びてしまった蕎麦《そば》をかき込むようにして食べてから、ごちそうさまと丁寧に手を合わせた。

今まで嫌でたまらなかったのに、この家で聞こえてくる宴会騒ぎの『声』はなぜか心地好く感じられる。

『良かったなあ、瑠璃』

しわがれた『声』に言われて、瑠璃は声に出して「うん」と相槌を打つ。

瑠璃は誰もいない縁側をじっと見つめて微笑んだ。

そんな瑠璃を見て、龍玄も安心した顔をしたのだった。

＊

昨晩はかつてないほどよく眠れ、朝もすっきり目覚めることができた。

初めて寝泊まりした場所だというのに、実家以上の心地好さを感じていた――

瑠璃はぐんと身体を伸ばし、屋敷の片付けを始める。

新しい生活が始まったが、身体があと三つはいると思うほど忙しい。

とにかく龍玄の家はひっちらかっており、文字通り『もののけ』が住みついていると言われたら、多くの人がそれに納得してしまいそうだ。

『ほんっまに汚いやろ？　自分の部屋だけやねん、龍玄がきれいにするのは』

腹立つわ、とぷりぷり怒っている『声』が近くから聞こえてきている。昨日龍玄に乱暴をされたと憤っていた、この屋敷に長年いるという家鳴《やな》りだった。

エッジの効いた独特の声をした彼は、龍玄の家で最年長だという。

昨晩、龍玄がさらりと描いた姿にさらに色を加えてくれたので、その子が藤の花のような紫色の体毛で覆われているとわかった。

おっかなびっくり家鳴《やな》り本人に名前はないのか訊ねてみたところ、彼らは名前を持たないという返答だった。

そこで瑠璃は生まれて初めて、否定するのではなく彼らの存在を受け入れてみようと思った。

昨日龍玄が言っていた、もののけが居てもいいと思う世界に足を一歩踏み入れてみることにしたのだ。

まずはまとめ役の家鳴《やな》りを〈桔梗《ききょう》〉と呼ぶ提案をしてみたところ、家鳴《やな》りはものすごく喜んだ。

龍玄は個体差をつけずもののけと呼ぶのだが、瑠璃からすれば姿が見えないので、それぞれの名前がないと困る。「もののけさん」と呼びかけたら、恐らく返事の大合唱をされるに違いないのだ。

瑠璃色に桔梗色、どちらも青味の色でちょうどいいと、家鳴《やな》りの名前に龍玄も満足そうにしていた。

龍玄が描く、ひょうきんでおかしな生き物達。そんな『彼ら』と自分が会話をしているのかと思うと、不思議と心が穏やかになった。

心がこんなにも晴れやかなことに瑠璃は驚いていた。

長年悩まされ続けていた謎の『声』の正体がやっとわかったからというのもあるが、龍玄が瑠璃を受け入れてくれたというのも大きな要因の一つだ。

『どこもかしこも埃だらけや。お掃除しがいがあるで』

「絵を描くお部屋がきれいなのはいいことだと思うわ。お道具がなくなったら大変だもの」

『そらそうやけどなぁ、家っちゅうのは、一つの部屋だけきれいだったとしてもあかんねん』

「そうね、さすがにちょっと、びっくりな散らかりようよね……特にここはすごいけど、全体的にびっくり」

朝起きてすぐに片付けを始めたのだが、一瞬で昼になっていた。

かれこれ数時間は作業をしているが、二十畳はあると思われるダイニングキッチンはもはや墓場と化していて、片付けても片付けても、終わりが見える気配が微塵《みじん》もない。

おまけに、賞味期限の切れた掘り出し物かお宝かというようなものまで出てきて、瑠璃は言葉にならないままそれらを分別する作業に没頭した。

「一体、いつから散らかっているのかしら。ねえ、これ見て。賞味期限が三年前のビスケット。もはやこの場所が珍百景かも」

『こんなもんやないと言いたいところやけど……まあ、ここが一番ひどいなあ。前の持ち主が置いてってたもんもぎょうさんあるし、掘り出しもん市やで』

「ここを片付けないとお料理もできないわ。今日はとにかく、キッチンを重点的に作業して、お掃除までできたら万々歳ね。でも、お掃除までは……」

散らかりっぱなしの机の上を片付けるだけで、軽く一時間はかかっている。必要なものとそうでないものの区別が難しく、家のことを瑠璃より知っている桔梗に手伝ってもらいながらそれらを仕分けした。

助手を引き受ける際、家の中を案内してもらった時にも感じていたが、龍玄の住むこの古民家は平家でとてつもなく大きい。明らかに、人ひとりが住む広さではない。まだ見たことがない離れの建物もあり、庭の奥には蔵と井戸もある。さらに家を囲むようにして広がる庭に至っては、野性味が丸出しの状態になっていた。

「どうしてこんなに散らかっちゃったのかしら……？」

『もう六年も前からや、こんな状態』

「六年も⁉」

驚いているところで足音が聞こえてきて、着流し姿の龍玄が現れた。

瑠璃を見るなり、彼の口元が緩まる。雑誌で見ていた時の印象と違い、かどが取れているような、なんとも穏やかな表情だ。

「ずいぶん楽しそうだな。頭に家鳴《やな》りなんぞ乗っけて」

「えっ⁉ あ、頭にいるの？」

『せや、髪の毛に掴まっておけるしな。龍玄は嫌がるからのぼらんけど、お嬢さんは嫌がれへんから』

「ああ、なるほど。乗り心地は大丈夫？」

「なにをもののけ相手に気をつかってるんだ？」

いつだってひとりごとは言わないようにし、人がいる時は『声』を無視してきたから、こうして会話を気兼ねなくしていいのは新鮮だ。

──人と違うことを認めなくてもいいんじゃないか？ 正解や正しさなんて、この世界に一つもないんだ。

瑠璃は龍玄の言葉に救われていた。

ずっと一人で悩み苦しんでいた瑠璃の世界を肯定しつつも、他の世界を拒絶しない柔らかさ。龍玄の絵の魅力というのは、彼の心根から来るのではないかと思えた。

「ところで先生、どうされました?」

「ん、いやただ様子を見にな……」

『嘘つくな龍玄。気になってることがあるんやろ。ちゃんと言わなあかんで』

桔梗のムッとしたような声が気になって龍玄を見ると、彼はほんの少し口を曲げて頭をぽりぽりと掻く。

「先生?」

「……そこの電話」

指を差した先には、なんとも懐かしい黒電話が置かれている。瑠璃は思わず「わあ」と声を上げた。近寄って触ろうとしたところで、慌てて龍玄が瑠璃の手を引っ張って制止した。

「待て待て、触るな」

「触るなって……この電話、なにかあるんですか?」

「なにかというか……」

龍玄は瑠璃の手首を離すと、唸りながら腕組みをして首をかしげた。迷うような素振りのあとに、若干困った表情になった。

「この上に、いるんだよ」

「いる？　なにがですか？」

「もののけ」

瑠璃は黒電話に視線を向けたが、やっぱり瑠璃にもののけの姿は見えなかった。

龍玄は息を一つ吐くと「見ててくれ」と電話を触る仕草をして、次の瞬間、弾かれたように手を引っ込めた。

「痛っ……こいつ、こうやっていつも噛みつくんだよ。おかげで、電話が鳴っても受話器を取れない。こいつが居ない時なら取れるが、戻ってきて俺が電話を触っていると飛びついて噛んでくる」

困った顔さえ美しい龍玄を見てから、瑠璃は黒電話をまじまじと見つめた。

「瑠璃は見えてないから噛みつかれないと思うけどな。でも要注意だ」

龍玄は噛まれた手をひらひらと振りながら痛みを追い払い、かなりムッとしながら黒電話の上を睨んでいた。

そんな彼と黒電話を見比べて、瑠璃は今までの自分ではあり得ない提案を口にした。

「あの……龍玄先生。私、この上のもののけとお話ししてみましょうか？」

瑠璃の申し出に、龍玄はパッと顔を輝かせる。

ちょっと待てと言ってバタバタとキッチンを出ていくと、すぐに紙と筆ペンを持って戻ってきた。

床に座り、まっさらな紙にサラサラと筆を走らせる。

描き終わった紙を受け取って瑠璃は思わず微笑んだ。

龍玄が描いたのは、四足歩行になったペンギンのような姿をした生き物だった。

しかし顔と嘴《くちばし》はイルカのようで、口を開けるとたくさんの小さな牙を生やしているのだという。おまけに、手には鋭い爪のようなものがあった。

「……この子が、ここの上にいるんですか？」

「そうだ。この鯛の牙みたいなので齧《かじ》ってくる。地味に痛いんだよな」

「きっと、齧《かじ》るのにはなにか理由があると思います」

瑠璃は気持ちをしっかり引き締めると、見えないながらも少しだけ屈んで、受話器の上に目線を合わせた。

あの、と声をかけて、瑠璃は返事を待つ。

『――あなた、うちのこと見えてはるの？』

何度か呼び掛けた末に、可愛らしい『声』が聞こえてくる。

答えてくれたことに嬉しくなり、瑠璃はさらに黒電話に顔を近づけた。

「いえ……見えないけれど、声は聞こえるの」

瑠璃が真面目に返事をすると、黒電話のもののけが『へえ』と驚いた声を上げた。嬉しそうな響きを含んでいたので、彼らの『声』が聞こえることは、もしかして役に立つのかもしれないと感じる。

「龍玄先生のことなんだけど……どうして、手を齧《かじ》っちゃうの？」

黒電話のもののけが、ため息にも似た息を吐く。

『だってな、電話が鳴るとあの人いっつも嫌そうな顔すんねん。それに、絶対に不機嫌なんやで？』

「そうなの？」

『せや。いつもいつも電話が鳴ると眉毛こーんなして、目をキーッて引きつらせよるの。受話器取ったら不機嫌な声で話すしな、うちのこと嫌いなんとちゃうの？』

「あなたのことが？」

せや、ともののけは相槌を打った。

『うち、この電話にずっと居《お》んねん。うちのこと嫌いやから、あんな顔するんとちゃうの？　そないに嫌なんやったら電話取らんほうがええと思って、ここで番してんのや』

「あなたはこの電話に憑《つ》いているもののけで、電話番をしているのね」

『そお。この電話に憑《つ》いとるもののけや。うちは、人と人を繋げるために居《お》んねん。なのに、そないにうちのこと嫌やったら、もう触らんでええわと思ってな』

そこまで聞くと、瑠璃はすぐさま龍玄を振り返った。

「先生、お電話は嫌いですか？」

瑠璃の質問に、龍玄は明らかに眉をひそめた。

そんな彼の表情を確認するなり、電話のもののけが『ほらな、ああいう顔しよんねん！』と拗《す》ねたようにまくし立てた。

「先生は、なにかお電話に対して嫌なことがあるのですか？」

「いや……」

言い淀む龍玄を、瑠璃が視線だけで問い詰める。しばらく龍玄はなんと言おうか迷っているようだったが、そのうちにびっくりするくらい大きなため息を吐いて口を開いた。

「面倒な電話が多くて、嫌になったんだよ。どこぞの取材だなんだ、気がつくと鳴りっぱなしで、制作に集中できない」

「じゃあ、そもそも面倒な連絡が嫌いなだけで、黒電話のもののけが嫌いというわけじゃないんですね？」

「まあ、そうだな。根本的に嫌う要素がない」

それを聞いて内心ホッとする。同時に『へっ？』とものののけが声を上げるのが聞こえた。

嫌っていないという龍玄の言葉に驚いたのかもしれない。

「先生、こちらにいらしてください」

瑠璃は龍玄を引っ張って電話の前へ連れていった。するとムスッとしていた龍玄がぎょっとした顔になる。

もののけに威嚇《いかく》されたのかと思い、瑠璃は慌てて黒電話と龍玄の間に割って入った。

「この子はこの電話に憑《つ》いているもののけだそうです。龍玄先生が、あんまりにも電話が鳴るたびに嫌な顔をするので、自分が嫌われたと思っています」

「は……なんだって？」

「嫌いなら触らないでほしいと主張するために、先生を齧《かじ》っているそうです」

瑠璃の説明に龍玄はさらに「はあ？」と素《す》っ頓狂《とんきょう》な声を上げる。

まさかそんな理由で齧《かじ》られているとは思っていなかったのだろう。

瑠璃はそっとかがんで、黒電話に語り掛けた。

「黒電話さん、龍玄先生は面倒な連絡をしてくる人が嫌いなだけで、決してあなたのことが嫌いじゃないんです。ちょっと待ってね、仲直りしましょう?」

それから龍玄をさらに引っ張って、黒電話の目前に立たせる。

「先生、この子は寂しかったんですよ。仲直りのしるしに、ハイタッチでもなんでもしてください」

すると龍玄は困った顔をしたまま、黒電話のもののけとにらめっこする。瑠璃には電話を睨みつけているようにしか見えないのだが、本人はいたって真剣な様子だ。

少し間をあけてから、龍玄は口をへの字に曲げたあとに「すまん」と一言謝った。

瑠璃はすぐに黒電話に近寄る。

「黒電話さん。どうかな、仲直りできそう?」

『龍玄が謝ったのなんて初めて見たなあ。まあええ、ええ。今回はこれでなしにしたるわ。ただもう、そんなしかめっ面せんでな?』

瑠璃は笑顔になると、言われたそのままを龍玄に伝える。

「俺だって非を認めることくらいある。まあ、今回は悪かった。決してお前が嫌なわけじゃない……齧《かじ》られるのは嫌いだが」

『もう齧《かじ》らんわ。不味《まず》いからな』

瑠璃は黒電話の言い方に笑いつつ、もう齧《かじ》らないようにすると言っていることを龍玄に伝えた。

龍玄はホッとしたような顔をしたあと、ほんの一瞬だけ微笑む。そして、電話の上のもののけに手を伸ばした。節のある龍玄の指が空中を撫でる。

二人がなにをしたのか見えない瑠璃にはわからないが、お互いの心が通じ合う美しい瞬間を見たような気がした。

その不思議な光景に心が穏やかになり、知らず瑠璃も微笑んでいた。

一件落着ということで、発掘したやかんでお湯を沸騰させて、戸棚の奥から発見した賞味期限がギリギリ切れていない茶を淹《い》れる。

きれいになりつつあるダイニングの椅子に座った龍玄は、黒電話を見ながら瑠璃の淹《い》れるお茶を待っていた。

「まさか、嫌われてると勘違いするとは……」

「言葉があっても些細なことですれ違うんですから、言葉が通じ合わなければより一層むずかしいですよね。でも、二人が仲直りできて良かったです」

とぽとぽ注いだ番茶を差し出しながら、瑠璃が安心したと呟くと、龍玄の手がするりと伸びてきて、瑠璃の頭を撫でた。

「ありがとう、瑠璃。おかげでこれから噛まれなくて済みそうだ」

「とんでもないです。それに作業の邪魔にならないように、お電話の取り次ぎも私がしますから」

「君にもののけの声が聞こえなかったら、この先永遠に噛まれっぱなしか、電話を替えていたかのどちらかだった」

龍玄の手が離れていき、ふと瑠璃は首をかしげた。

「あの……私、役に立ちましたか？」

「当り前だ。じゃなきゃ感謝しないだろう」

瑠璃が龍玄の言葉に嬉しくなったのは言うまでもない。

もののけ達の『声』が、自分の妄想か病気だと一人で悩んでいたのが嘘のように思えた。

「……嬉しい」

ぽつりと呟いた本音は、静かなキッチンでは予想以上に大きく響いて聞こえたのだが、龍玄は気がつかなかったようだ。

ちらりと彼の姿を見れば、美味《おい》しそうに番茶をすすって黒電話を優しい笑顔で見つめていた。

第三章

さて、龍玄のひっちらかったままの屋敷がどうにか片付いたのは、それから二週間近くも経ってからだ。

さらに細かい掃除を行わなくてはならないので、作業は年内ギリギリまでかかりそうだ、と瑠璃は踏んでいる。そろそろ師走《しわす》もやってくるのだから、急いで掃除も済ませたかった。

『それにしても、ずいぶんときれいになったなあ』

「そうでしょう、まだまだだけどね。お掃除もちゃんとしないとだし……」

荒地になっていたキッチンとダイニングは、今やっと本来の姿を取り戻しつつある。

この頃には足の裏を見て仰天することも少なくなっていた。

すっかり仲良くなった家鳴《やな》りの桔梗と、会話をしながら片付けをするのも板についてきていた。

桔梗は瑠璃の頭上が気に入ったようで、呼ぶとたいがい頭の上から声が聞こえてくる。しかし、桔梗の声は聞こえるのに、いつも瑠璃の側にいたしわがれた『声』は最近ちっとも聞こえてこなかった。

（あの子、どこに行っちゃったんだろう……）

もしかしたら、瑠璃に新しい居場所が見つかったから、安心してどこかに行ってしまったのかもしれない。お節介をずっと焼いてくれていたもののけに、ありがとうの一言が言えなかったのが悔やまれた。

『こんだけきれいになったら、家も喜ぶなあ』

「そう言ってもらえると嬉しいわ」

桔梗は屋敷の建築当初から家中のもののけ達を取り仕切っている、いわばこの家のまとめ役らしい。話をしていると色々なことを教えてくれるので瑠璃もとても助かっていた。

例えば。この屋敷がどうしてこんなにも荒れ果てることになってしまったのかを桔梗に訊ねたところ、購入直後に陥《おちい》った龍玄のスランプが原因だという話だ。

仕事がしんどい時のなにもできなくなる感覚はよくわかる。瑠璃は、荒れ放題だった屋敷の至る所に散らかったもの達の残骸と、埃やクモの巣と毎日のように戦いながら内心で頷いていた。

「でも、どうしてこんな広いお屋敷を購入しようと思ったのかしら……？」

一人で暮らすにしては広すぎるし、制作をするにしてもすでに和室二つで足りている。

もっと使い勝手のいいアトリエでも良かったのではないだろうか。

『ああ、それはな――』

「おーい、瑠璃！」

さらなる事情を話そうとした桔梗の声は、龍玄が瑠璃を探して名前を呼びながらバタバタやってくる足音で遮られた。

西側の使われていない和室の畳を剥がしていた瑠璃は、龍玄の呼ぶ声に「ここです」と返事した。二秒後に墨色の作務衣《さむえ》を着た龍玄が、ひょっこり顔を出す。

「瑠璃、まずい。膠《にかわ》が少ない」

かなり慌てた様子でやってきたので、瑠璃も一緒になって若干焦った。そういえば、瑠璃が手伝いになってから一ヶ月近く経つが、一度も文房具屋におつかいに行っていない。掃除することに集中してしまい、すっかり助手としての役割を忘れていた。

「すみません。仕事を怠《おこた》っていました。文房具屋の奥さんの所に行ってきますね。たしか、在庫があったと思います。なかったら注文してきます！」

　大急ぎでエプロンを外して支度を整えようとしたところで、龍玄が部屋の入り口を塞いだ。見上げると、眉をひそめた龍玄の視線が降り注いでくる。

「どうかしましたか？」

「今後、畳を剥がすなら言ってくれ。さすがに一人じゃできんだろう」

「ですが、先生は作業中ですし……」

「手伝うと言っているんだ。明日一緒にやるから、他の所を掃除してくれ」

　それに瑠璃が頷くと、頭上から桔梗の声が聞こえてきた。

『──珍しい、龍玄が手伝うなんて！　明日雪でも降るんとちゃうか⁉』

「なにを変な顔をして笑ってるんだ、お前は」

　そんなに珍しいことなんだろうか。

　桔梗の心底驚いた声に苦笑すると、龍玄が瑠璃の頭からなにかを摘《つま》みあげるしぐさをした。

　同時に桔梗の叫ぶ声がする。

『わ、わ、わ！　ネズミみたいに扱うなって、何度言うたらわかんねんっ！』

「こら暴れるな。瑠璃、こいつはなにを言ってた？」

「先生が手伝うのが珍しいんですって。雪でも降るかもって言っていますよ」

くすくす笑いながら言うと、龍玄は空中を指で小突いた。

「うるさい家鳴《やな》りは追い出すからな」

『なんや、新参者のくせに！』

恨みがましい目つきでもう一度桔梗の居るらしき場所を見つめてから、龍玄はポケットに入れていた印伝の財布を瑠璃に渡した。

中身を見るのがつい怖くなるような重たさの財布だ。

「とりあえず膠《にかわ》はあるだけ買ってくる勢いでいい。描くのがでかいからな」

「わかりました。すぐに行ってきます」

「ああ。でも慌てて帰ってこなくていい。こけると困るから」

『なんや、奥さんとおしゃべり楽しんで来いって素直に言ったらええのに』

桔梗がボソッと呟いたのが聞こえ、瑠璃は龍玄の気づかいが嬉しくてはにかむ。頭に被《かぶ》せていた布とマスクを外すと、外に出て身体の埃を払ってから出かけた。

『瑠璃、気いつけて。文房具屋の奥さんに、よろしゅう伝えてな』

「ありがとう。行ってくるね」

桔梗に見送られて家をあとにすると、玄関を出てすぐのところで鹿がゆったり歩いていた。脇を通り過ぎながら歩を進めると、街路樹が生えていない土がむき出しの場所でも、鹿達は座って日向ぼっこをしている。

彼らの頭をちょんちょんと触ってから、なんてのどかな風景なのだと瑠璃は大きく伸びをする。

朝晩の冷え込みは骨までしみるようだったが、日中は暖かいことが多く、今日も洗濯と掃除にはうってつけの日だった。

歩いて二十分ほどで到着した文房具屋では、奥さんが笑顔で瑠璃を迎え入れてくれ、お茶とお茶請けまで用意してくれた。瑠璃は感激して、出してくれた羊かんを頬張る。

「瑠璃ちゃん、良かった。なんだか顔色も良さそうだし、先生とうまくやっているみたいね」

「お手伝いに来られなくてごめんなさい。広い家で、まだ片付け終わっていないんです」

いいのよ、と奥さんはニコニコ笑う。

「ここに初めて来た時、瑠璃ちゃんはすごく辛そうな顔していたけれど、今はそれがないもの。すごく安心しちゃった」

「そんなにひどい顔していましたか？」

「ええ、なんかもう今にも倒れそうだったわよ。それから顔色は良くなっていったけど、今が一番楽しそう」

今まで内緒にしていた、謎の『声』のことを、龍玄は全部理解してくれている。むしろ、龍玄も元凶のもののけに悩まされていた一人だから、瑠璃のことを気味悪がったり責めたり、変な目で見ない。

瑠璃がたった一人で話をしていても、まったく驚かないのはとても気持ちが楽だった。

「龍玄先生はいい人です。本当に、働くことができて良かったです」

「瑠璃ちゃんがそうやって笑っていられるんだから、先生がすごく優しい人柄なのがわかるわ。私が出かけなくちゃいけない時には連絡するから、またお手伝いに来てくれる？」

「もちろんです。あ、そうだ、膠《にかわ》を買って来てって言われて来たんです」

瑠璃はお茶を飲み干すと、お店に置いてある膠《にかわ》を買い占めた。おそらく足りないだろうと思ったので、膠《にかわ》と一緒に使うことが多いミョウバンも購入しておく。

龍玄の絵に必要なものは、その多くが瑠璃の頭の中に入っている。言われたわけではないが、彼が今までよく使っていたものをほんの少し買い足してから店をあとにした。

『お姉ちゃん、また来てね――』

お店を出る際に、奥さんではない『声』が聞こえてくる。瑠璃はハッとして、幼い女の子の声が聞こえた方を向く。そこにはもちろん、誰もいない……

しかし彼女が誰であるかを、瑠璃は知っている。店番をしていた時に、ずっと側にいてくれたもののけだろう。棚の奥に落ちてしまったことを教えてくれた感謝を、瑠璃は伝えていなかったはずだ。

「ありがとう……また来るね」

初めて彼女にお礼が言えて、胸がいっぱいになっていく。

『待っとるで』

瑠璃は笑顔になって小さく頷くと、コートを着込んで歩き始めた。

帰宅すると作業部屋に向かい、大量に買い込んだ膠《にかわ》を龍玄に渡す。ありがとうの一言と一緒に、雑誌では見られない龍玄の笑顔を見られることが嬉しい。

中途半端になっていた掃除に戻ろうと和室に行くと、畳は何事もなかったようにすっかり元の位置に戻されてしまっていた。

頭上の定位置に戻ってきた桔梗が、龍玄が物騒な顔をして畳を片付けていたと報告してくれる。瑠璃は想像して笑いながら、他の場所を掃除することにした。

「前の家の人が置いていったものもあるっていうけど、ずいぶん多いんじゃないかしら……」

『せやなあ。でもほら、お値打ちものばっかりだからええやろ？』

「うーん。でも、応接間にある動物の剥製とか、夜見るとちょっとびっくりするのよね」

龍玄が買い取る前、この屋敷はとある有名な書家の先生の持ち物だったと、ずっと前に長谷が言っていたのを思い出す。

だからなのか、あちこちに骨董品レベルの渋いものが置かれており、それらにたんまりと六年分の埃が積もっていた。

『まだまだ離れにも蔵にも、ぎょうさんそんなもんあるで』

「桔梗さん、見て！　これなんて伊賀《いが》焼きよ……。こんな立派なのに、前に住んでいた方も置いていっちゃうなんて」

情趣が漂《ただよ》うランプシェードはお値打ちものに違いない。

瑠璃がそっと触れると、また桔梗が楽しそうな声を上げた。

『ええのええの。もうご主人亡くなったんやし、奥さん一人で処理も困っとったから。龍玄がいらない家財道具ごともらってくれた時は、たいそう喜んどったなあ』

「ならいいけれど。ここの床の間も、掛け軸かけっぱなしで傷《いた》んじゃっているし……他のってあるのかしら？」

『龍玄の絵でも飾っとけばええんとちゃう？』

瑠璃はそれに名案とばかりに顔を輝かせる。

「お家の中で龍玄先生の原画が見られるなんて、夢みたい！」

『玄関の屏風なんて、場所に困って置いてあるだけで、決して飾っているわけじゃないけどなあ』

「あれはあれで、すごく素敵だもの。他のお部屋にも飾れたら、毎日美術館気分ね！」

瑠璃は期待半分で、夕食時に龍玄に話してみようとウキウキだ。その日はいつもより念入りに掃除ができたような気がした。

和室を一通り掃除し終わったところで、夕食の支度にとりかかる。

肉じゃがをホーロー鍋でコトコト煮ながら、そろそろシャケを焼こうと考えていると、龍玄が匂いに釣られてもそもそとキッチンにやってきた。

「今日は魚か？」

「はい。シャケなんですけど、辛口って大丈夫でしたか？」

「なんでも食べるよ。好き嫌いは特にない……はずだ」

はず、という部分に瑠璃が首をかしげると、「香草類は得意じゃない」と龍玄が付け加える。

「……つまり、パクチーとかですか？」

「ああ、あれはダメだ」

「エスニック料理は苦手という認識でいいですか？」

「そうだな。辛すぎるのもあんまり得意じゃないから、まあ、無難に和食が一番食べやすい」

煮えている肉じゃがを見ると、龍玄は目を輝かせる。

「この一週間、君の手料理を食べさせてもらったけれども、どれもこれも美味《うま》い。和食が多めなのも助かる。あんまり運動をしないもんでね、消化によさそうなものがいい」

「お口に合うなら良かったです」

『なにを爺《じい》さんみたいなこと言うてんのや。運動せな、体力衰《おとろ》えるで』

桔梗の至極まともなツッコミに瑠璃は唖然としてしまい、慌てて鍋に向き直った。

しかし、まだ桔梗があーだこーだ言っているので、ついおかしくてぷっと笑ってしまう。

龍玄は桔梗がなにかよからぬことを言っているとわかったのか、瑠璃の頭から摘《つま》みあげると、机の上にどすんと置いた。

「うるさい家鳴《やな》りはあっちへ行け。どうせ爺《じい》さんみたいだとか、足が退化するだのと言ってるのだろう?」

『だーかーらー、ネズミみたいに扱うなっちゅうてんねん！　爺《じい》さんうんぬんはほんまのことや！』

「がーがー言っても俺には聞こえないんだからな、文句は瑠璃に言え」

かみ合っているのかいないのか、あまりにも絶妙な会話だ。

『あ、瑠璃、そういえば掛け軸のこと聞かんでええの?』

笑い転げそうになっていた瑠璃は、そうだったと箸を持つ手を止めた。

「先生、お聞きしたいんですけど……和室に、先生の作品の掛け軸を飾ってもいいですか?」

「俺の作品を?」

「ええ。掛かっているのは傷《いた》んじゃってるので、修理が必要ですし」

「掛け軸か」

「……はい」

思い切り眉根を寄せられて、瑠璃はだめな申し出だったのだと内心しょんぼりした。掛け軸を置けば、部屋のおさまりもいい。それに掃除するたびに龍玄の作品を見られる嬉しいおまけつき。

素晴らしい考えだと思ったのだが、龍玄の表情は硬いままで腕組みをしながら顎に手を添えていた。

「うーん……」

「だめなら無理にとは言わないんですけど、飾っておけば和室も華やぐかと思いまして」

龍玄を見上げるように覗き込むと、まだうーんと唸っていた。これはだめかなと瑠璃が諦めかけた時に、彼の口が動く。

「瑠璃。俺が原画を売らない理由がなぜかわかるか?」

「原画を大事になさっているからかと……」

ぐつぐつ煮えている肉じゃがを転がし、落し蓋をして火を弱めてからキチンと龍玄に向き直った。

「違う」

龍玄が自信たっぷりに言い放ったので、謎が深まってしまう。

「気になるか?」

「それはまあ……」

ぽりぽりと頭を掻いてから、龍玄はふと息を吐いた。

「瑠璃にならいいか。食後に、しまってある軸を出そう」

「いいんですか⁉」

「ああ。ただし、一役買ってもらおう」

意味がわからなくて首をかしげると、龍玄は「楽しみだ」と言いながらにこりと笑顔を添えて部屋に戻って行ってしまった。

心なしか楽しそうに廊下を歩いて行く後ろ姿を桔梗とともに見送りながら、一体何の理由だろうと瑠璃は頭をひねった。

しかしいくら考えてもわからなかったので、諦めて魚をグリルで焼く準備をしたのだった。

夕食の準備を終え食卓に着くと、龍玄は優雅な所作で手を合わせて食べ始めた。

美味《うま》い、と言われて瑠璃は嬉しくて微笑む。

気がついていたことなのだが、龍玄は食べ方がきれいだ。

大学時代も、仕事をしていた時も、この人は食事に対してなにも感じていないのだろうかと疑問に思うような食べ方をする人は多かった。

時間がない、早く済ませたい、胃に入ってしまえば全部一緒。

たしかにそれはそうなのだけれども、食べ物を食べないと人は生きていけない。だからこそ、瑠璃は食べる時、一口一口を噛みしめる。これが生きる糧で、明日の自分の血となり肉となると思いながら。

龍玄は背筋を伸ばして、しっかりと椀を持って食べる。その姿は印象的で、散らかった屋敷とのギャップがすごいなといつも瑠璃は思うのだ。

「……俺の顔に、なにかついているか?」

じっくりと所作を見てしまっていたようで、瑠璃は慌ててもぐもぐと口を動かし、美味《おい》しく出来上がっていた肉じゃがを飲み込んだ。

「目と鼻と口と……」

「それは瑠璃も一緒だ」

言葉を濁してみたのだが、探るような視線を向けられて観念した。

「先生は、食べ方がきれいです。なので見ていました」

瑠璃が視線を龍玄の食べたシャケへずらすと、それを見て龍玄が骨のひとかけらを摘《つま》みあげた。

「まあな。でも、瑠璃だってきれいに食べるじゃないか」

「ゆっくり食べる癖があるだけですよ」

働いている時は夕食を食べ損《そこ》ねたこともしばしばあった。だからこうしてゆっくり夕食を誰かと一緒に食べられるというだけで嬉しい。

そう言うと龍玄はわずかに微笑んだ。

「まあ、急いで食べなきゃいけない時もあるだろうけど……いただいているからな、命を。よく聞く話だし説教じみているかもしれんが、食べ物だって命だからな」

きれいに食べなきゃ申し訳ないだろう、と龍玄は味噌汁をすすった。

当初、龍玄を気難しい人物だと思っていたが、話してみればそれほど難解な人ではなかった。

屋敷に来てから、瑠璃の心は今までの人生の中で一番柔らかくなっている。

『声』に話しかけられても、気にせず応えられる。それにこの『声』が病気のせいではないと龍玄が太鼓判を押してくれたことが瑠璃の心をほぐしていた。

桔梗に言わせると、龍玄も楽しそうにしているのだという。

お互いに心地よさを感じているのは、瑠璃と龍玄にしかわからない『もののけ』の存在が、知らず知らずのうちに二人の心にかけ橋を作ってくれたからなのかもしれない。

もののけに苦しめられた者同士のはずなのに、彼らのおかげで心の壁が取っ払われている。

それはなんだかとても不思議なことで、言葉を換えれば運命的なもののような気がする。

「焦らずじっくり食べていい。この家は、そういう場所だ」

「はい」

好き勝手にやってくれと龍玄はいつも言う。

その言葉を体現するように、食べ終わった龍玄はたいがい席を立たずにいる。

待たせているようで申し訳ないと思っていたのだが、龍玄が好きでそうしているのだと理解してからは、瑠璃は安心して食事ができた。

ゆっくり瑠璃が食事と向き合っている間、龍玄はというと新聞を読んだり、読書をしたりしながら自由に過ごしている。話題があれば会話をするし、桔梗の声を伝えたり、逆に龍玄が桔梗の動きを瑠璃に教えたりする。

この家では自分の意思が尊重される。それは、相手を受け入れて思いやる気持ちと通ずるような気がしていた。

瑠璃にとっては初めての環境で、心地好さと同時に学びがたくさんあった。

「先生、ありがとうございます」

「ん、ああ……」

龍玄は優しい人だ。桔梗も『龍玄は身内には優しいで』といつも言っていて、その意味を瑠璃は理解しつつあった。

食べ終わると、二人で手を合わせてごちそうさまと唱える。一度部屋に戻った龍玄は、瑠璃がすべての食器を洗い終わった頃に部屋から桐の箱を持ってやってきた。

「あっ……掛け軸ですね！」

食後の珈琲《コーヒー》を淹《い》れようか迷っていたのだが、それを忘れて瑠璃はエプロンを外すとすぐに駆け寄った。

「和室で開けよう」

「はい！」

和室は十畳と六畳の二つあり、広い方に立派な床の間がある。ずっと飾りっぱなしになっていた掛け軸は昼の間に外しておいた。

今一度飾られていた軸を見れば、かなり傷《いた》みがひどくしわが寄ってしまっている。

手入れをされていなかったそれをかわいそうだと思っていると、龍玄が横に来て状態を確認した。

「この軸は修理に出すか……レプリカでもなんでもないものだが、かわいそうだ」

「そうですね……修理ができるお店はこの辺にありますか？」

「ああ、長谷が知っているから聞けばいいだろう」

龍玄は頷いてから苦い顔で手に持っている木箱を見つめた。

「さて、その軸はきれいになるからいいとして……問題はこっちだ」

龍玄は箱から掛け軸を取り出す。

きっとこれは見たことがない原画だろう。

瑠璃は胸を高鳴らせた。

龍玄は丁寧に軸を持ち上げ、矢筈《やはず》を使って金具に掛緒をかける。するすると下方に軸を開いていくと、やはり見たことがない原画が現れた。

「すごいっ……！」

間近で龍玄の作品を見られる喜びに瑠璃が歓喜の声を漏らすと、龍玄は少し照れ臭そうに笑った。

画面に描かれていたのは、怪しげな世界と生き物達だ。

朧気《おぼろげ》な月明りの下で、どことも言えない懐かしい日本の風景が広がっている。昔ながらの家々に混じるようにして、もののけ達がかくれんぼするように描かれていた。

もっと近くで見たくなってしまい、瑠璃が一歩床の間に歩み寄ったところで、龍玄の手が伸びてきて止めた。

「あ、ごめんなさい……つい」

手袋もなしに作品に触れてはいけない。間近で見るにしても限度がある。あまりにも近寄りすぎたことを注意されたのかと身を縮めると龍玄は眉を上げた。

「触るのも近くで見るのも構わない。瑠璃は絵画の知識があるし、乱雑に扱うこともないから信頼している」

「あ、ありがとうございます」

「問題はそれじゃなくてな。ここ、これ……見えるか？」

龍玄の指が示した先を、恐る恐る凝視する。角度を変えてみたり、ものすごく近寄ったりしたものの、特になんの変哲もないように思えた。

「ものすごく素晴らしい絵に見えますが……」

「そうか？」

瑠璃は龍玄の言い方に違和感を覚えて、掛け軸から下がって全体像を見つめた。数メートル下がって見てみれば、絵のバランスや構成がよくわかる。

「私には、普通の絵に見えますけれど」

瑠璃は首をかしげる一方だったのだが、龍玄はやっぱりなと言わんばかりに肩をすくめた。

「なんでしょう、先生には、なにか見えているんですか？」

「俺が描いたんじゃない穴が、ここにできている」

「穴ですか？」

眉をひそめながら、瑠璃はもう一度龍玄が指を差したところを遠くから確認する。

建ち並ぶ家屋の屋根に穴はないように見えるし、描かれているもののけ達にも違和感はない。

いくら「これだ」と言われても、瑠璃には龍玄が見えているものが見えていないようだ。

「染みですか？　でも、虫食いや汚れがあるようには見えませんけど……ん？」

『ああっ……あ……』

瑠璃は突然耳に届いた、ものすごくしゃがれた『声』に眉根を寄せた。

「あ、あれ？」

『ふあ、あああぁ――ああ、よお寝たわ』

「先生、もしかして、もののけですか⁉」

びっくりしながら龍玄を見ると、「正解」と困ったような笑みが返ってくる。龍玄は寄りかかっていた壁から背を離し、掛け軸に近寄った。

「俺の絵に巣を作っていやがるんだよ、こいつら」

呆れるだろ、と言わんばかりに龍玄は口を尖らせた。

「巣、ですか？」

「この軸なんか特にでっかい穴が開いているんだが。瑠璃が見えないと言うのなら、他の人にも見えていないで間違いないな」

一体どんな穴が開いているのだろうと思っていると、龍玄が紙にもののけの巣がどんな様子なのかを描き始めた。

流れるような筆の濃淡で表現されたのは、まさしく樹の洞《ほら》のような形の穴だ。これが画面の真ん中に見えているとなると、なんとも複雑な気持ちになった。

「その……原画全部に、もののけ達の巣があるんですか？」

「いや、半数近くだ。でも、気がつくと引っ越ししていたり、別の個所に作っていたりして……まったくもってきりがない」

「まさか、それが原画を販売しない理由ですか？」

「そうだ。別にこだわりがあって持っているわけではないし、長谷にも散々頼まれてるから売ってしまいたいが……売った先でこいつらが悪さをするかもしれないし、逆に居なくなってしまうかもしれない」

それは困ったことだと、瑠璃は掛け軸を見つめる。描かれたもののけ達の意気揚々とした表情を指先でなぞり、龍玄は言った。

「どうして巣を作るのか、俺にはさっぱりだ。そして、どうしたらこれから出て行ってくれるのかもわからなかったが」

龍玄はそこで言葉を切り、横から瑠璃を覗き込んできた。

「――瑠璃なら、こいつらが巣を作る理由を訊《き》けるか？」

「はい、もちろんです！」

瑠璃はパッと顔を輝かせた。

その言葉に龍玄も表情を緩める。

「ありがとう……助かるよ」

こういう時のために、もののけの『声』が聞こえる能力があったのかもしれない。

肩の荷が下りたような龍玄の表情に、瑠璃は嬉しくなった。

「そういえば先生、さっき『声』が聞こえてきたのですが……どんなもののけがこのお軸に住んでいるんでしょう？」

「そうだな、蛇みたいな見た目をしているが、頭から毛が生えていて、けっこうコミカルな顔立ちだ。こいつはこの絵を描いた時からずっといる」

また龍玄がさらりと描いてくれた絵を覗き込んで、瑠璃は思わず笑顔になった。見たこともない生き物だが、龍玄が描くとなんとも可愛らしい。

全体的にはトカゲのようで、両手はあるが脚はなく、蛇のようにとぐろを巻いている。目元に生えた長い毛が眼球を半分覆い隠していて、まるでお爺《じい》さんのようだ。口元には鯉のようなちょろちょろとした髭《ひげ》も生えており、頭のてっぺんに二本の小さなまろい角が見えた。

「……今、このもののけは居ますか？」

『わしじゃ、ここに居《お》るで。お嬢さんやろ、わしらの声が聞こえるっちゅうのは。若いやつらがずいぶん騒いでおったわ』

先ほどのあくびと同じ、声をおろし金ですったようなしゃがれた『声』が聞こえてきた。

「鼻づらだけ穴から出しているぞ。瑠璃に興味があるのか……お、ちょっと出てきた」

龍玄の実況を元に、瑠璃はたった今描いてもらったもののけの絵を掛け軸の巣穴の横にかざしながら、もののけに「そうです」と返事をした。

トカゲ爺《じい》さんとでも呼べそうな見た目と声のもののけは、瑠璃の反応に嬉しそうに笑う。

『へええ、珍しいのお。昔はわしらの声が聞こえる人間もぎょうさん居《お》ったが、もうちっとも居《お》らへんさかい、わしらも生きにくくなってしもてなあ』

「そうだったんですね。でも龍玄先生は、声は聞こえなくともあなた達の姿が見えているそうですよ」

『せやせや。だからわしらはここに居《い》ついとんねん。行く場所がもうないからなあ』

「行く場所？」

『昔はわしらのことが見えたり聞こえたりする人間がたくさん居《お》ってなあ……せやから怖がる人間も居《お》った。今はもう、そんな人居《お》らんやろ？』

「そうかもしれません。私も、龍玄先生以外にもののけが見える人を知りません」

瑠璃がそう言うと、トカゲ爺《じい》さんは『そうやろ』と悲しそうに嘆息した。

『わしらはそういった人々の近くやないと、生きていかれへんのや』

「そういう人……つまりは、もののけを信じていたり、怖がったりする人ということですか？」

それにトカゲ爺《じい》さんが『是』と返事をする。

瑠璃はそわそわしている龍玄を見上げて、トカゲ爺《じい》さんの言っていた内容を伝えた。

「先生、彼らの住まいが、今は少なくなっているそうです。もののけを信じてくれる人や、怖がる人の近くじゃないと生きていけないって」

「ああ、なるほどな。つまり、それがもののけ達の存在意義ってことか」

龍玄の声に、トカゲ爺《じい》さんが大きく頷いた。

瑠璃は掛け軸に向き直り、耳をそばだてた。

『それだけやない。わしらは人間が居《お》らな、生まれてもこれんのや。せやけど、人間はわしらが居《お》らんでも生きていける。なんとも不平等な世の中やのう』

「人間がいないと生まれてこれない……？」

「それは初耳だ。瑠璃、どういうことか聞いてくれるか？」

瑠璃が反芻《はんすう》した言葉に、龍玄がほんの少し驚いたような顔をした。龍玄の質問が聞こえていたトカゲ爺《じい》さんは、さらに近寄ってきたのか声が大きくなる。

『わしらは人間の妄念から生まれるんやで』

トカゲ爺《じい》さんにさも当たり前のように言われて、瑠璃は隣で渋い顔をしている龍玄に助けを求めた。

「もののけは、人の妄念から生まれるんだそうです」

「……つまりは……ああ、そうか」

龍玄は納得したのか何度も頷く。それから状況を呑み込めていない瑠璃に、龍玄はわかりやすく説明してくれた。

「神や幽霊、怨霊も元をたどれば『念』とも言える。人の信仰心だったり、死んだ人の想いだったり……まさか、もののけも、そうやって生まれてきているとは思わなかったな」

「もののけは、人の念……想いがつくりだした生き物ということですか?」

掛け軸の中に描かれている不思議な生き物を作り出したのが、自分達だと言われても不思議な気持ちが深まるばかりだ。

しかし、トカゲ爺《じい》さんの声はそれを肯定するように長いため息をついた。

『わしらを信じてくれる人が居《お》らんと、わしらもきれいさっぱり消滅してしまうやろなあ』

「まさか……」

『この絵の中には、わしらを信じる気持ちが詰まっとるから、わしらはここに住まわせてもろてんねん』

「もののけ達を信じる気持ちがないと、あなた達は消えてしまうの？」

瑠璃の様子を見ていた龍玄は、目を丸くしたあとに口元を厳しく引き結んだ。

『そうやで。せやからここは居心地がええねん』

トカゲ爺《じい》さんの答えに、瑠璃は彼らに対する愛しさがふつふつと込み上げてきた。

そしてふと思い出したことがあって、瑠璃はトカゲ爺《じい》さんがいるであろう掛け軸の中心に視線を固定した。

「私……そうだ。小さい時に神社で」

瑠璃の記憶の焦点が、昔にあてられた。

思い出そうとした瞬間、情景が鮮明に頭の中に広がっていく。

まだ幼かった瑠璃が神社の敷地内でかくれんぼをして遊んでいた時、境内の下に小さな生き物達を見た。

それらは見たこともない姿かたちをしており、図鑑にも載っていなかった。

両親に知らせてもそんな生き物はいないと一蹴されたが、祖母が「きっと、見える人にしか見えない生き物だよ」と微笑みながら教えてくれた――

「子どもの時、あなた達を見たことがあるの……」

『へえ。そりゃあもののけか、神様の類《たぐい》かなんかやろな』

「そう、なの……？」

『おそらくの話や』

「おばあちゃんに、いろんな生き物がいるのよって教えてもらって……でも、いつの間にか信じなくなっちゃったの。昔は、あなた達をとても身近に感じていたはずなのに」

瑠璃は悲しくて下を向いてしまってから、ぽつぽつと呟いた。

「人に話すと不気味がられるから話題にしなくなって、おばあちゃんも死んじゃって、見えなくなってしまった……声だけは聞こえているけど、それだって妄想で病気だと思っていたの」

『――目に見えるものだけがすべてじゃないで、お嬢さん』

瑠璃の心にその言葉が沁《し》みわたって、じんわりと温かく広がっていく。同じことを龍玄も教えてくれた。この世界はきっと、たくさんの不思議で満ち溢れている。

『世の中に、常識なんちゅうものはないんや。わしらからすれば人間はおかしな生き物やで。わしらと人と、このどっちかが常識やったら、どちらかが非常識になってまう。でも、お互いさまやろ？』

「はい、そうです」

『受け入れることが大事なんや。正しさを基準にしたところで、世の中には正しさなんかひとつもない。認めて、受け入れるだけや』

「認めて、受け入れる……」

『それができはったら、お嬢さんかて、もっと生きやすいんとちゃうのかなあ』

瑠璃は唇を引き結んで頷く。

『わしらのこと信じてくれはるんやったら、そのままでいておくれな。そうやないと、わしらもつらいねん』

「はい、もちろんです……あの、私にできることはなにかありませんか？」

『できること？』

瑠璃はトカゲ爺《じい》さんの声がする方に身を乗り出した。ずっと嫌だった『声』が聞こえることが、瑠璃にとって今一番嬉しいと思えるものに代わっている。

「先生の絵の中が居心地いいのはわかるんですけど、絵はしまっておくよりも、飾ってもらった方がいいんです。でも、無理やり出て行ってほしいわけでもないんです」

瑠璃はぎゅっと手を握って続けた。

「あなた達が消えてしまうのも、龍玄先生が困るのも解決するために……私に、なにかお手伝いできることがあれば、教えてください！」

『そやなあ……』

推考している声が聞こえたのち、思いついたと言わんばかりに『あ！』と声が上がった。

『引っ越し先を作ってもらうわけにはいかへん？　わしらを信じる気持ちがたくさんあって、住み心地のいい絵画の中がええなあ。そういうところがあれば、わしらも、この絵じゃなくても生きていけるし』

「引っ越し先ですか……」

『ほんでもって、後々はわしらのこと信じる人達が見てくれはったら、より一層ええわあ』

トカゲ爺《じい》さんはその時のことを想像したのか、くすくすと笑い始める。

その提案を聞くや否や、瑠璃は顔を上気させて龍玄に向き直った。

「先生、お引っ越し先の絵があれば、もののけ達は移動してくれるそうです！」

「そうか、それはいい案だな。新作を描けと言われているが……もし、今までの作品を売れるとなればうるさいやつも口を閉じるだろう」

それではさっそく……と話がまとまりかけた時、瑠璃の背からトカゲ爺《じい》さんが付け加えるように言った。

『ただしな、たくさんの信じる気持ちが必要や。ぜぇったい龍玄のだけじゃ足りん。例えば……そおやな、お嬢さんの気持ちも混ぜな、到底引っ越しできひんやろな』

「え、わ、私のですか……⁉」

『せやせや。なにしろ、この家の中には多くのもののけが居《お》んねんから。もしでっかい絵一枚に引っ越すならそれぐらいの凝縮された想いがいるやろな』

瑠璃はたしかにと眉根を寄せた。

困りつつも、おずおずと言われたことを龍玄に伝える。すると龍玄は腕組みをしながら、考え込んでしまった。

「もののけ達を一枚の絵に引っ越しさせるなら、たしかに俺一人より二人分の気持ちがあった方がいいのはわかる」

「……私の気持ちを加えると言っても、どうすればいいのでしょう……？」

「一緒に引っ越し先の絵を描けばいいだろう？」

「――……え？」

さも当たり前のように放たれた言葉が理解できず、瑠璃は硬直する。

「なんだ、その驚きようは。瑠璃は、日本画学科の出だろう？」

「ええ。ですが……」

「こいつらに引っ越ししてもらわなければ、原画が売れずそのうち俺も破産する。そうなったら、この家から出ていかなくてはならない」

噛んで含めるように紡がれた脅し文句は、瑠璃には効果てきめんだった。

「そっ……それは困ります！」

せっかくきれいにした屋敷、楽しい生活、涙の流れない夜……

この平穏を今さら手放すことを想像すると、恐怖で足がすくみそうになって、いつの間にか瑠璃は龍玄の腕をガシッと掴んでいた。

それを見た龍玄は少々人の悪い笑みを浮かべる。

「なら、一緒に描けば問題ないだろう……ほら、トカゲ爺《じい》さんも頷いている」

事もなげに言われ、龍玄のペースに呑まれながら頷きかけたところで、瑠璃は冷静になって肝を冷やした。

「ちょ……待ってください！　私が先生と一緒に絵を描くなんて、おこがましいです」

「瑠璃の気持ちもなければ、全員が引っ越すことはできないのだろう？」

「そのようですが……」

「大丈夫さ。俺がいるんだ、どうにでもなる」

とんでもない提案に、驚きすぎてめまいを起こしかけた瑠璃の肩に温かい手が置かれた。軽く叩かれるようにされて顔を上げると、龍玄と目が合った。

それは、瑠璃を雇いたいと言った時のまなざしと似ていた。

「こいつらを救えるのは、世界で俺と君だけのようだ。……やってくれるな、瑠璃？」

必要としてくれている人がいる。

そのことに気がついた時、今までの自信もなにもなかった頃とは違う自分になれるのだと、確信が持てた。

瑠璃は目を逸らすことなく頷いた。

「――……先生、私、やってみます」

「良かった。これで、心配ごとが減って無事に日々を過ごせるな」

龍玄に微笑まれてなお、怖かった。

しかし恐怖におののく自分を叱咤し、肚《はら》に力をいれる。

大きく深呼吸をすると、じわりじわりと決心は固まっていった。

「龍玄先生。未熟者ですが、どうぞご指導よろしくお願いします」

深々と頭を下げた瑠璃の肩を、龍玄の大きな手がぽんぽんと鼓舞するように叩く。頼むよと声をかけられて、瑠璃は口元が緩んだ。期待に、熱を持ったように体中が熱くなっていく。

(——やってみよう。私が、役に立つのなら)

きっとできる。一人じゃないから。顔を上げた先の視界に映る龍玄の嬉しそうな表情に、瑠璃も嬉しくなって微笑んだ。

＊

しかし引っ越し先となる『想いのこもった絵画』は、ただ描けばいいという簡単なものではないらしい。

翌日、瑠璃と龍玄は和室の畳をひっくり返し、庭先に並べて干しながらどうしようかと頭を悩ませていた。

「先生はどんな絵を描くつもりですか?」

「さあてね、描くと言ったはいいものの……風景だけじゃなく、いつものようにもののけも描き入れようとは思っているんだが」

叩くと出てくる埃の多さが、今までずっと掃除をしていなかったことを如実に物語る。

さすがに十畳を超える畳を剥がす作業に疲れて、二人は作業を中断すると縁側に座って一息つくことにした。

するとすかさず桔梗の声が聞こえてくる。

『畳を剥がすなんて精が出るなあ。きれいな家はやっぱりええ。瑠璃が来てくれてほんまに助かったわ』

嬉しそうな声で褒められて瑠璃はふふふと笑った。

「ほんと？　役に立てているなら嬉しいけど」

『瑠璃はいつもそんなこと気にしよるけどな、自分が役に立ってないとでも思っとるの？』

その言葉にきょとんとしたまま固まってしまう。

すると、思い切り横から龍玄のきれいな顔に覗き込まれて、瑠璃の肩が勢いよく跳ねる。

「君は役に立ちすぎているくらいだ。お役立ちついでに、茶を頼みたい」

『うまいこと言うて、自分で持ってきなはれまったく』

桔梗がきいきい言ったのが伝わったのか、龍玄は瑠璃の頭から桔梗を掴んで取りあげた。

龍玄と桔梗の攻防戦が始まったのを感じて、瑠璃は笑いながら立ち上がると、最中を半分に切ったものを添えて麦茶を持ってくる。

龍玄がさりげなく縁側に座布団を敷いて待っていてくれていた。

ありがたくそこに腰を下ろしつつ、庭を眺める。

「お庭も、きれいにしないとですね……」

「さすがにこれは一人じゃ無理だろう。業者でも呼ぶか？」

一服する二人の前には、草が茂りすぎてジャングルと化した庭が広がっている。雑草がたっぷりで、足の踏み場もないとはまさにこのことだ。

「まずは自分一人でやってみますが、無理そうだったらご相談します」

「無理はするなよ……お、この最中はなかなか美味《うま》いな」

食べるように促されて口に含むと、甘みが口にとろけていき疲れが和《やわ》らいでいった。

十一月終わりの風は冬の寒さを含んでいる。涼みすぎると身体を冷やすので、食べ終わると畳を元に戻した。

大変な作業と思っていたのだが、龍玄が手伝ってくれたおかげで予定よりも早く掃除は終わった。

窓を全開にして空気を入れ換えてから、床の間にかけられたトカゲ爺《じい》さんの住まう掛け軸と対峙する。

姿は見えなくとも、そこに住んでいるもののけの息づかいを感じて、瑠璃は「もう少し待っていてね」と独りごちた。

すると、龍玄の元からいつの間にか帰ってきていた桔梗の声が瑠璃の頭上から響く。

『私らは寿命が長いからな、待てと言われたらずっと待ってられるで。「ありつつも君をば待たむ打ち靡《なび》くわが黒髪に霜の置くまでに」って感じやな』

「それは、ええと……和歌？」

『万葉集やで。白髪になるまで恋人を待っとるっちゅう、ちょいと重い歌や』

桔梗の相槌に、瑠璃はピンとひらめいた。

「……そうだ先生、お引っ越し先の絵画、絵巻物はどうですか？」

縁側で腰を伸ばしていた龍玄に近寄ると、表情が瞬時に明るくなった。

「それは名案だな」

「巻物なら交互にも、同時に描くことも可能です」

一つの大きな画面を構成する絵を複数人で描く場合、描いている人以外は別の細かな場所を描くか、一人が描き終わるのを待たなくてはならない。

しかし巻物は横に長い画面なので、横並びに座って互いの作業を邪魔せずに描くことが可能だ。

「先生に下絵を描いていただいて、そこに私が墨を入れて……」

「何巻か作ればいい。そうすれば全員引っ越しできるだろう」

「そうですね！」

しばらく考え込むように庭を見ていた龍玄が、思い立ったように瑠璃の方を向く。

「……鳥獣戯画《ちょうじゅうぎが》のように、もののけ達の動きをかなり派手にして描くのはどうだ？」

「素敵です！」

瑠璃はぽんと手を叩いた。

「先生の描くもののけは、恐さより可愛らしさがあふれていて親しみが持てます。コミカルな動きをつければ面白くなりますし、見たらきっともののけの存在を信じるきっかけになりますよ！」

瑠璃はトカゲ爺《じい》さんに言われたことを思い出す。

もののけ達に必要なのは、彼らを信じてくれる人と想いだ。

「もののけに対して畏怖の念を持つのは、今の時代であまりないことだと思います。科学が発達してインターネットで調べれば、すぐになんでもわかる時代ですから」

瑠璃だって、自分がもののけと話をしているとはいまだに信じられないと感じることがある。

「……人の想いがもののけ達の生命源なら、共感や親しみの方が現代的かもしれません」

『ほお、それは面白いな。たしかに、私らを怖がる人間はいなくなってしもたしな』

桔梗がうんうんと相槌を打った。

「でも、あなた達を可愛らしいと感じる人はいるはずよ。私も、龍玄先生の描いたもののけの姿に圧倒されたのと同時に、親しみを持ったわけで」

瑠璃は掛け軸の前で正座して、龍玄の描いた幻想的な世界に見入った。

「先生にはもののけ達の姿が見えているからこそ、描き出せるリアルさがある。私達の目に新鮮に映ると同時に親しみを持てるの。それはたぶん、先生の優しさだと思うけれど……」

「ずいぶんと褒めてくれるな」

横に来た龍玄が瑠璃を見下ろして、照れ臭そうに肩をすくめた。

「本当です。先生の絵は優しい……言葉ではそう表現するしかないけれど、忘れてしまっていた優しさを思い起こさせてくれる。そんな絵です」

「いくら褒めてもらっても、給料は上がらないぞ」

「そんなつもりじゃないです。お給料よりも、先生と一緒に絵を描けることが私は嬉しいです。こんな名誉なことはありません」

「俺達が死んだあとでも、もののけの存在が伝えられるような作品に仕上げないと……こいつらのためにならないな」

後世に残る作品、と考えると瑠璃の胸が途端にドキドキし始める。

龍玄はそんな瑠璃の表情に気がつかなかったようで、しきりに顎を撫でながら考え始めた。

「だとすれば、鳥獣戯画のように動きをつけたとしても、もののけ自体はしっかり描きたい。絵巻物ならば、間をつくって背景は多少簡略化して部分的に彩色するか」

「全面に色を置くよりも、一部に色がある方が、動きや場面転換がわかりやすく効果的になりそうです」

「全体の構図も考えないとだな……ああ、今描きかけている作品はあとだ。まずはこいつらに引っ越してもらわないと、なんだか気が散る」

「美術館が買い取ってくれたら、永遠に後世に残るかもしれませんね」

あとの話だなそれは、と龍玄は頭を掻いた。

難しそうな顔で考え事をしていた龍玄が、突如怪訝な顔をして身体についたひっつき虫を取るような動きを始めた。

「……先生？」

その姿から、もののけ達が龍玄にくっついてきているのだと瑠璃は確信した。

たしかに、ざわざわと騒がしい『声』がひっきりなしに聞こえてきている。

「こら、くっつくな鬱陶《うっとう》しい。瑠璃の方へ行け！」

「え、私⁉」

「今も頭に小鬼が二匹乗っているが、ついでに肩に三匹ずつくらい乗せておくといい」

不機嫌な顔で言い放った三秒後に、龍玄は思いっきり噴き出して笑い始める。見たことがないくらいに愉快そうにしており、ついに笑いすぎて立っていられず、壁に寄りかかって目に涙を溜めはじめた。

「……私、そんなにもののけまみれになってます？」

「ああ、傑作だ。面白いからそのまま床の間に飾っておきたいくらいだ」

瑠璃はそれにちょっと口を尖らせたのだが、こんなに笑った龍玄を見たことがないので、なんだか得をした気分になったのだった。

そしてその日のうちに、さっそくもののけ引っ越し計画が始動することになった——

すでに龍玄は絵巻物の構図を考える作業に没頭しているので、瑠璃はまず龍玄の原画に住みついているもののけ達に事情を話すことにした。

用があるとはいえ、見えていないもののけ達に話しかけるのは少し緊張する。

自分の鼓動が早まっているのを感じると、桔梗の穏やかな『声』が瑠璃の鼓膜を揺らした。

『私が手伝うさかい、安心しい』

「うん、ありがとう」

桔梗に案内されて納戸に入った瞬間、ざわざわとした雰囲気を瑠璃は感じ取った。

ちょうど、朝礼前の賑やかな教室に先生が入ってきて静まるのと同じ感覚だ。まるで転校生でも入って来た時のような期待と好奇が入り混じっている。

さらに一歩中に入り周りを見回して、瑠璃は目を見開いた。

「ところで桔梗さん、一体これは……？」

納戸の棚に保管されていた木箱の数に瑠璃はごくりとつばを飲み込んだ。箱の数は、ざっと見ただけでも軽く百を超えている。

『龍玄の原画やな。ちなみにこれだけやないで。作業場の押入れにもっとある』

「これ、全部原画なの⁉　すごい量……」

『それだけもののけも住んどるんやけどな。——ほなみんな、このお嬢さんが私らの声聞こえてる瑠璃お嬢さんや。大事な発表するから、耳よおかっぽじって聞いてや』

桔梗が威厳たっぷりに瑠璃の頭上から言い放つと、キャラキャラと歓声がたくさん聞こえてくる。瑠璃は思わず微笑んでしまった。

姿をとらえることはできないが、『声』の数や大きさからして棚のあちこちからこちらを見ているに違いない。龍玄が描いている不思議な生き物達が、たくさん目の前にいるのだと想像すると、緊張と同時にワクワクしてくる。

「こんにちはみなさん。ここに住まわせてもらっています、宗野瑠璃です。実は、みなさんに今日はある提案をしに来ました」

自己紹介すると、あちこちから不安を含んだようなどよめきが聞こえてくる。

「みなさんが今住んでいるのは、龍玄先生の原画です。住み心地がいいのはわかりますが、絵を売ったり貸し出ししたりしないと先生の収入にならず、これから先の生活に支障が出てきてしまうかもしれません」

そこでいったん言葉を区切る。

もののけ達はふむふむと瑠璃の声に聞き入っている様子だ。

「そこで、みなさんの新しいお住まいを絵巻物として描くことにしましたので、そちらにお引っ越ししてもらえますか？　……これでいいかな、桔梗さん」

はたから見れば誰もいない納戸の中に話しかけているわけで、瑠璃は若干不安になって頭の上にいる桔梗に助けを求めてしまった。

『上出来や。ほとんどが納得したみたいやで』

桔梗の声とともに、どんな住まいなのか、どういう色合いなのか、ここより住み心地がいいのかという質問がちらほら聞こえてくる。

龍玄の構図や草稿を見ていないので、その質問には瑠璃も答えられず考え込んだ。

ただ、せっかく引っ越しして住んでもらうなら、居心地の好い絵の方がいい……。

（人間だって、引っ越しする時はやっぱり条件は気になるものよね）

日当たりの良さや立地条件を加味する人もいれば、広さや景観を重視する人もいて、求める家は人それぞれだ。

瑠璃はどんな絵に住みたいのか、思い切って彼らに相談してみようと考えた。

「では、どういう絵に住みたいか、こんなものを描いてほしいっていうリクエストはありますか？　あれば、私に言ってください。先生に伝えますから」

すると途端にたくさんの声達が騒ぎだし、瑠璃はびっくりして耳を塞《ふさ》ぐ。

『いっぺんに言わんといて、一人ずつや！』

驚いた瑠璃に謝ると、すかさず桔梗がツッコミを入れる。結構な数のリクエストがありそうだったので、すぐにメモを取った。真っ白だった紙は、いつの間にか書ききれないほどにリクエストで埋まっていた。

最後の一人が話し終わったところで、桔梗が『ひとまず言いたいことがあるやつは全員言ったみたいや』と辺りを確認してくれる。

「みなさんは、このリクエストに応えたらお引っ越しに承諾してもらえるんですよね？」

瑠璃の質問に『もちろん！』と大歓声が聞こえてくる。移り住む話を肯定的にとらえてくれていることに安堵しつつ、瑠璃は要望を繰り返し確認して眉根を寄せた。

もののけ達の望みの多くが、すぐに伝えなければ構図に影響してしまいそうなものばかりだったのだ。

「これは、急いで先生に伝えなくちゃ。もう構想を練っているんだもの！」

納戸のもののけ達に「ありがとう、またあとで来るね！」と伝えると瑠璃は廊下を早足で進み、龍玄の部屋の引き戸をノックした。

「先生、今大丈夫ですか？」

「ああ、入ってくれ」

瑠璃が戸を開けると、今まさに引っ越し先の構図を考えている最中の、机の上に肘をついた龍玄が目に飛び込んだ。

「あの、先生……！」

「待て、瑠璃。一体どっからそんな大量のもののけを引き連れてきたんだ……？」

龍玄は瑠璃の姿をまじまじと見てから、おかしそうに噴き出した。

……どうやら納戸から、さらにもののけを連れてきてしまったみたいだ。

龍玄は昨日もののけまみれの瑠璃を見ておかしそうにしていたし、瑠璃に床の間に座るように指示するくらい上機嫌だった。

龍玄の楽し気な姿に、思わず瑠璃もつられて笑顔になった。

「納戸の中で話しかけてきて……住みたい絵のリクエストを聞いてきたんです」

「それにしてはずいぶんと引っついてきているな」

「そんなにいます？」

「描いてみようか？」

瑠璃が頷くと、龍玄はすぐ横にあった紙に筆を走らせた。描いている姿をちらりと盗み見ると、口元がほころび楽しそうにしているのがわかる。

「こんな塩梅だ」

しばらくして描きあがった紙を見せられて、瑠璃は目を見開く。

頭の上にこんもり鏡餅のようになっているだけではない。肩にも相当な数のもののけが乗っていて、さらには服のあちこちに掴まっている。

脚にしがみついているもののけは、瑠璃が立ったり座ったりすると、ひょいと離れたりよじ登ったりして遊んでいるそうだ。

「……これは、想像以上に引っついていますね……」

「だろう？　傑作だと昨日も言ったじゃないか」

瑠璃は自分の身体のあちこちを見るが、ちっとも遊んでいる姿は見えない。

少しだけ残念で肩を落とすと、龍玄がぽりぽりと頬を掻いた。

「まあそう落ち込むな。それより、奴らの要望があるんだろう？」

「そうでした！　水場がほしいとか、波に乗って遊んだ姿とか、暗い穴があるといいとか、服を着た姿だとか……」

瑠璃が書いて持ってきたリストを見て、龍玄はどれも面白いなとくすくす笑い始める。きっと彼らがたくさん遊んでいるのが龍玄の頭の中で沸き起こっているのだろう。

『――龍玄がこんなに笑っとるの初めて見たわ』

『龍玄が笑うとか、明日雪降るんとちゃう⁉』

『あかん、布団干しっぱやったわ。すぐ入れてくる！』

瑠璃はもののけ達のやり取りにこらえきれず笑ってしまい、理由を訊ねてきた龍玄になんと言っていいかわからずはぐらかしてしまった。

（そんなに、先生って笑わない人だったのかしら……？）

みんな、あまりにも本気で雪が降ることを心配している。納戸のもののけ達に他のリクエストがないかを聞きに戻る時、瑠璃はそのことについて桔梗に問いかけてみた。

「雪が降るって大騒ぎするほど、龍玄先生はいつも仏頂面だったの？　すごく穏やかな人に感じるのだけど……」

雑誌に載った写真では神経質そうな様子が伝わってきたし、怖そうな顔をしているな、と昔は思っていた。

しかし実際に対峙してみると、それほどまで笑わない人だとは感じられなかった。

だがしかし、桔梗は少し考えてから口を開く。

『せやなあ。ちっとも笑わんなあ。この家に来てから筆の進みも悪くてな、さらに離婚までして、嫁さん出ていってしもたから』

「そうだったの。……え、今なんて――？」

驚きすぎて空気を呑み込み、納戸の前で足を止めてしまう。桔梗は瑠璃がなにに驚いたのかわからなかったようで、のんびりとした声で繰り返した。

『だから、ちっとも絵が描けなくてな』

「そこじゃなくて、その先をもう一度……」

『嫁さん出て行って離婚してるって話か？』

瑠璃は改めて桔梗の言葉に息を呑んだ。

聞いてはいけないことを聞いてしまったような気がする。

「そんな話、聞いたことなかったわ」

『あの嫁さんとは、越してきた時から特段、仲がええようには見えんかったなあ。二人とものすっごい不機嫌そうにしとったし』

「その、元奥様と……？」

納戸の引き戸を開けながら瑠璃が訊ねると、桔梗との会話が聞こえていたのか、中から多くの頷く『声』が聞こえてきた。

納戸でしゃがみこみ、瑠璃は腕を組みながら考えこむ。すると、もののけ達がたくさんの情報をもたらした。

「そんなに、仲が悪かったのに結婚したのはなんでなんだろう？」

『腐れ縁とちゃうか？　学生時代からつきあっとった言うてたしなあ』

『そうそう、六年前にこの家を購入して引っ越してきて……そんでもって、絵を描けなくなったんちゃう？』

『せや。ずっと描けへん言うて悩んどって、しょっちゅう喧嘩しとったな』

今年二十九になる龍玄が、一時スランプに陥《おちい》って新作を発表しなくなったのは五年ほど前。つまり、もののけ達の言ってることは本当なのだろう。

龍玄の知られざる過去の話に、瑠璃は大慌てで開けっ放しだった戸を閉めた。龍玄本人に聞かれていないか心配で冷や汗が止まらない。

そんな瑠璃にかまわず、もののけ達はどんどん話を進めてしまう。

『五年くらい前やったな、元嫁さんに男作って出て行かれたのは。あの時はひどかったなあ』

『そうやったな！　嫁さんに逃げられたって、わしらも大騒ぎしたなあ』

『ああもう、ひどかったであの時の龍玄の荒れっぷりは』

くわばらくわばらとあちこちから聞こえてきて、瑠璃は血の気が引いた。衝撃すぎて、どう反応していいのかわからない。

「お……奥さんに逃げられちゃったの⁉」

『散々悩んどったなあ。まあしばらく経って吹っ切れてからは落ち着いとるけど』

『別れてから一年ばかし経ってから、私らのこと描くようになったなあ』

瑠璃が知る限り、龍玄がもののけの絵を描くようになったのは約四年ほど前だ。その時期もピッタリと当てはまる。

龍玄が既婚者だった話も、別れたという話も聞いたことがない。逃げられたと言っているくらいだし、龍玄が隠しているのかもしれないことを、もののけと言えど他人から聞いてしまって瑠璃は罪悪感を覚えた。

「そうだったんだ。なんか私、聞いちゃいけないこと聞いちゃった気分」

『もう聞いてしまったんやから仕方ないやろ。龍玄も隠しているわけやないと思うし……気になるか？』

気にならないと言えば嘘になる。しかし、本人の口から聞くべき話のように思えて瑠璃は押し黙った。

『話は逸れてしもたけど、まあ、あんまり笑わんやつやなあと思っとったんや。でもここ最近は、よお笑うようになったよ』

桔梗が話題を元に戻すと、方々から同意する多くの『声』が聞こえてくる。瑠璃はパッと顔を上げた。

『瑠璃が来てからやで。ずいぶん明るくなったしな』

笑ってくれるようになったのはいいことだ。

それでも、釈然としないモヤモヤした気持ちを抱え込んだままになってしまった。瑠璃はさらに追加のリクエストを聞き、その場を去った。

廊下もひんやりとした空気がたまっていて冬がやってくるのを感じる。

奈良の冬は底冷えがきつい。盆地特有の気候によるしんみりとした冷たさが、足元から登ってくるようで瑠璃は身震いした。

「ああ、なんか聞いちゃったから、ちょっと先生のお顔見るのがためらわれるな」

龍玄の部屋の引き戸の前で呟きながら、うんうん唸ってどんな顔をすればいいのか迷っていると、後ろから人が近づいて来る気配がした。

「やつらになにを聞いたんだ?」

「――っ！」

幽霊でも見てしまったかのような反応をしてから、恐る恐る振り返ると龍玄が湯呑みを持って立っていた。

しまった！　と思ったがもう遅い。ばっちり瑠璃の声も唸り声も聞いていたらしい龍玄は、一体どうしたんだと首をかしげていた。

「えっと、あの……」

「寒いから入ってくれ。入ったら、なにを奴らから聞いたのか話してもいいぞ」

なんでも聞きなさいとでも言いたそうな穏やかな雰囲気に呑まれ、瑠璃はおずおず作業部屋に入った。

ひとまず初めに、聞いてきたばかりの追加リクエストを伝える。面白いなと頷きながら、龍玄はイメージを膨らませている様子だ。

一通り伝え終わってから、最近よく笑っているともののけが言っていた……という話から持ちかける。

「別に、今まで一人で住んでいたのだから、笑う必要もなかったしな。あいつらは奇怪で面白いと思うが、だからといって見慣れているし声を上げて笑うほどでもない」

「たしかに、ずっと見えていたらそうなりますよね……」

もののけがいるのが普通なのであれば、彼らにいちいちかまっている暇もないのもわかる。それに、声が聞こえないのならなおさらだ。

「長谷や他の人間が来ても、やつらはちょっかいを出さない。けれど瑠璃にはちょっかいを出すから……それが面白くてつい、な」

「そう言えば、桔梗さんを頭に乗せているのも、ずいぶんと面白がっていましたもんね」

「そりゃあそうだ。考えてもみろ、俺が描いたあんなのを頭の上に乗せて歩きながら一人でしゃべって掃除してるんだ。面白いと思うだろ？」

瑠璃は机の上に描かれていたもののけの草稿と龍玄を交互に見比べる。

目玉が八つほどある出目金のようなもののけだ。整った顔立ちなので冷徹そうに見える龍玄に、出目金似のもののけがしがみついているのを想像する。

たしかに笑えるかもしれないが、それ以上になんとも言えない気持ちだ。

「先生が笑うのがもののけ達には珍しいようで、雪か雹《ひょう》が降るって大騒ぎしていました」

大きなお世話だなと半眼になりながら、龍玄は口を曲げた。

「それでその……先生が笑わなすぎるという話ついでに、離婚をされていたことやそれが原因で不機嫌だったというのを耳に挟んでしまって……」

　気まずかったが言わないのもおかしなことなので、瑠璃が思い切って伝えると龍玄は眉を上げた。

　瑠璃に向けるにしては珍しい表情にますます身体が縮こまる。

「ごめんなさい。詮索するつもりじゃなくて、デリケートなことを聞いてしまったから、どうしていいかわからなくて」

　かといって、聞かなかったことにもしにくい上に、黙っていられるほど気にならないわけでもない。

　ため息を吐いている龍玄の顔を見ることができなくて、瑠璃はそこまで一気に言ってから頭を下げた。

「本当にごめんなさい」

「……ああ、別に構わない。俺が隠しているわけじゃなくて、長谷が黙っておけと言っているだけで……」

　顔を上げてくれと促され、瑠璃は申し訳ない気持ちでいっぱいになった。

「嫁に逃げられたというのは、印象が悪いだろう？」

「それは、そうかもしれませんが……」

「事実なんだから、特段隠すようなことじゃないんだ」

そうは言っても、瑠璃は反応に困って目を泳がせた。

「ただ逃げられたわけじゃなくてな。俺の金で買い物を散々した挙句、カードの督促状と離婚届受理証明書を置いて、他の男を作って出ていったんだ」

「……それはさすがにひどいです」

「だろ？　さすがに公《おおやけ》にするにはあんまりな内容だということで、伏せろと言われた。イメージ商売なんだとかなんとか言って、長谷にうまく丸め込まれた」

気にしていないが、と口にした龍玄の瞳には空虚さがちらついており、瑠璃はいたたまれなくなった。

怒っているような、どうにでもなれと思っているような、そんな顔をしたまま龍玄は遠くを見ていた。

「聞いておいて失礼ですが、なんて言っていいのか……」

「瑠璃が気に病む話じゃない。学生時代になんとなく付き合い始めて、そのままずるずるしていた。俺にはその気がなかったが、卒業後にあまりにも結婚結婚とうるさいから結婚したら、結果的にこうなった」

完璧だと思っていた彼の完璧とは程遠い過去は、身体をえぐられるような衝撃だった。聞いているだけで瑠璃の胸がずきずきと痛む。

「相手も悪いが、俺にも落ち度はある……絵ばっかりで、まともに向き合わなかったツケが回ったんだ」

「それでも、先生は懐が深いです」

そんな経験をしてもなお、自分にも落ち度があると認められるのはすごいことだ。

しかし龍玄は皮肉な顔をしながら小さく鼻で笑った。

「んなわけあるか。懐が深くて甲斐性の少しでもあれば、あんなひどい逃げられ方なんぞしないだろう」

男として失格だよ、と龍玄は重く呟いた。

「だけどな、いいこともあった。そのあと自棄《やけ》になったついでに、こいつらを描こうと思ったんだ……それが、功を奏した」

「もののけ、ですか?」

瑠璃は頭上にいるであろう桔梗を指さす。

「そうだ。そいつらを描いたら、それが妙にうけた。昔から嫌っていたこいつらに、俺は助けられて生かされたんだ。だから引っ越し作業くらいしてやらないとな」

龍玄はそう言うと、リクエストを見て「ギターが弾いてみたいだと?」と顔をしかめたのだが、楽しそうにしているので瑠璃はひとまずホッとした。

夕食後、瑠璃は自室にこもった龍玄にお茶を持っていった。龍玄はもののけ達の欲求をどう消化しようか眉根にしわを寄せ集めながら、まだ引っ越し先の構図を考案中だった。

「先生、一息つきませんか？」

瑠璃が控えめに声をかけると、龍玄は持っていた紙を机に戻して目頭を押さえた。

「そうしよう。要求が多種多様すぎて、どうまとめていいのかわからん。温泉を描けだなんて、もはやただの娯楽だろうが」

「別府《べっぷ》の地獄の温泉とかなら、風情があると思いますよ」

「よし、あいつらを地獄に叩き落としてやる」

「あはは、それは悪役の台詞ですよ、先生」

番茶を飲む龍玄に至極まともな指摘をすると、そうだなと答える彼の口元はほころんでいた。

龍玄はもののけ達のリクエストを楽しんでいるようだ。描く予定だった春先の展覧会用の大きな絵を放置して、今は引っ越し作業に没頭している。

展覧会はまだ先の四月と言えど、納期が遅れたら長谷が慌てるだろう。瑠璃がなにも描かれていない画面を遠くから確認してゾッとした時だった。

「昼間のことだが」

ぽつりと、龍玄がどこか遠くを見つめながら口を開いた。龍玄に目を向ければ、片肘をついて白い紙に無造作に筆を走らせている。

「君の部屋の棚も、元嫁の嫁入り道具だったものだ。処分に困っていたからそのままだったが……気に食わないようなら捨てよう」

「ありがたく使わせてもらっていますし、棚はなにも悪くないです」

家に来た当初、棚について龍玄が言葉を濁《にご》していた理由に瑠璃は納得した。瑠璃が慌てて押しとどめると、龍玄は深く息を吐く。

「気にしていないと言ったが……あれは嘘だ」

「……………ええ」

瑠璃は正座をすると、龍玄の隣で姿勢を正した。一瞬だけ龍玄の瞳によぎった空虚な色を思い出す。

離婚のダメージがない人なんてきっといない。それも、龍玄の場合は特にひどい別れ方をしているわけで、気に病まないわけがない。

あの言い方は、ただ強がっていただけなのだろう。

「正直、元嫁には腹が立ったし、金を使い込まれたせいで、俺の生活の方がかなりギリギリだったんだ」

瑠璃も生活が厳しかったから、預金通帳の残高を見て不安になる気持ちはよくわかる。龍玄は目を伏せた。

「たくさん服や鞄を買ったところで、身体は一つしかないだろう。着飾る必要があるなら別だが、元嫁はそうじゃなかったはずだ」

「……虚栄心、ですかね？　先生のような有名人と結婚して、自分も気が大きくなったとか、人より贅沢できると思ったとか」

「それもあるだろうな。まあ、いずれにせよ、気にしていないというのはそれこそ俺の虚栄心だ」

龍玄は気苦労を感じさせる重たい息を吐くと、強めに筆先を紙に押し付けた。

「悔しいと思っているし、恨んでいないわけがない。顔を見たら文句を言いたいが、顔を見たくもないという反対の気持ちもある。こんなどうしようもない愚痴を、君に言ったところでどうにもならないのにな」

瑠璃が黙りこくっていると、場の空気を緩めるように龍玄は皮肉な様子で口元に弧を描く。

「おかげでカード会社からの信用はゼロだ。使ったのは俺じゃないのに。まあいずれ使えるようになるだろう。それはともかく、俺はこういう人間だ」

首をかしげると、龍玄がちらりと瑠璃を見た。

「つまり、天才と謳《うた》われた反動でスランプになり、元嫁にはひどい逃げ方をされ、おまけに家は散らかり放題のどうしようもないダメ男だ」

「ダメだなんて、そんな」

「天地がひっくり返っても、俺は瑠璃の思っているような人間などではない」

きっぱり言われて、瑠璃はムッとして龍玄に詰め寄った。

たしかに、龍玄の過去の話は思った以上の衝撃だったが、だからといって、今の龍玄が昔と同じだとは思えない。

「先生は絵で人の心を和《やわ》らげて、感動させることができます。それは素晴らしいことです！　私は作品だけじゃなくて、そんな先生自身を尊敬しているんです」

龍玄は珍しく噛みつく瑠璃に驚いた表情になった。

それから、穏やかに息を吐いて頷く。

「すごい人間なんて吐いて捨てるほどいる……まあ、俺が失ったものは大きいが、得たものも大きい。こうして瑠璃と出会えたのも、俺にとって収穫だ」

「過大評価しすぎですよ」

「こんなみょうちきりんな画家の所で住み込みで働いて、おまけに膨大な雑用と、俺とものの通訳なんて難解なことをしている。ただ描いているだけの俺より、瑠璃の方がよほど立派だ」

「そんなことないです。先生がいてくれなかったら、どうなっていたか」

瑠璃は、龍玄に助けてもらったと思っている。だから、彼は特別以上の存在で、かけがえのない人だ。

「俺も同じだ。元嫁のことは気にしていたが、今はそれどころじゃなくなった……瑠璃とものの けのおかげでな。ありがとう」

龍玄が、抱えていた痛みを打ち明けてくれた。

そのことがなによりも嬉しくて、瑠璃の喉がぐっと詰まる。

瑠璃自身が自分を諦めかけていた。だけど龍玄が必要としてくれたことで、瑠璃は少しずつ自分に自信が持てるようになっている途中だ。感謝の気持ちは、伝えきれない。

「『普通』じゃない俺達にとってどうしようもないくらいに世界は無常だけれども、

それでも俺達が生かされている意味は、きっとどこかにあるんだ……」

龍玄の言葉は難しいが、今の瑠璃にはすとんと腑《ふ》に落ちる。

「あいつらに聞いてみるといい。俺が笑うと雪が降るだのと言われたんだろう？　俺を笑わせられることが、瑠璃が役に立っている証拠だ」

それほどまでに気にしなくても良くなったんだと、ぽつりと呟かれた本音は温かい含みを持っていた。

「……さて、これを見てほしい」

しんみりした空気を吹き飛ばすように、龍玄が話題を変える。

近寄って手元に置かれた紙を覗き込むと、絵の草稿らしきものがいつの間にか出来上がっていた。

無作為に筆を動かしていたとばかり思っていたのだが、とんでもないものが描かれていて瑠璃の唇がほころぶ。

龍玄も楽しそうに瑠璃を見つめていた。

「どうだ、ギターを持っているもののけというのは。こんな感じでいいと思うか？」

「めちゃくちゃ可愛いです。ついでにオーケストラも描きましょうよ、みんなで歌っている姿とか」

「いいけどな、あいつらが機嫌よく歌って踊っているのは、縁側で酒飲んで宴会している時だ。クラシックな感じじゃないぞ」

多分盆踊りかなにかだろうと、嫌そうなのに面白がっている龍玄に瑠璃は噴き出した。

「脚色しましょう。たまにはいいじゃないですか、遊び心があっても。すぐに展示する作品ではないですし」

「そうだな。楽しんだもん勝ちかもしれない……よし、じゃあもう少し描いてみるか。地獄谷の資料も集めないとな」

「パソコンで見ますか？」

「ああ、そうしよう」

瑠璃はすぐに自室からノートパソコンを持ってきた。地獄谷の様子を写真や動画で確認しながら、ここでものの け達が遊んでいたら、さぞかし面白いだろうなと笑う。

この幸せな瞬間を大事にしていきたいなと思いながら、和《なご》やかに夜は更けていった。

第四章

しばらくして、瑠璃の毎日はとても忙しくなった。

というのも……龍玄がもののけの引っ越し先の絵の構図案を描き終える間、枯れた雑草抜きと荒地と化した庭の手入れを始めたのだ。来たる新年に向けて、庭はきれいな方がいい。

だが……

「……これは、思った以上に重労働ね」

『数年も放置しとったら、誰がどう考えたって庭じゃなくて森になるわなあ』

師走《しわす》が来るというのにもかかわらず、庭に生《お》い茂《しげ》る草が多すぎて驚きを隠せない。

一息つきながら、瑠璃は山盛りになった抜いた枯草の山を見た。

庭の手入れを始めると言い出した瑠璃に、龍玄は風邪をひくと渋い顔をし、桔梗は反対の声を挙げた。しかしぼうっと過ごすのも嫌で、結局のところ桔梗を頭に乗せて雑草を抜いている。

『無理せんほうがええよ。業者呼んでいいって龍玄も言うとったし』

「そうね……無理そうだったら、業者さんに助けてもらおう。でも、それまでなるべく自分でやってみたいの。どこをどういう風にしたらいいか、教えてくれる？」

『ええよお。伸びてるからな、ひとおもいにずぼーんと引っこ抜いたらええ』

もはや桔梗は、瑠璃の頭に常駐するようになった。たまに用事があると言っていなくなるが、風呂や就寝後以外は瑠璃とセットになっている。

桔梗の指示に従って、瑠璃は四方を庭に囲まれた家の玄関周りから手を付けていた。

幸いにも玄関の周辺には真っ白な玉砂利が敷き詰められていたので、伸び始めた雑草を引っこ抜けばそれなりに見栄えは良くなった。

正面に広がっている日本庭園の部分も、木は伸びっぱなしになっていたが、手入れを済ませばひとまず人が暮らしているようには見える。

そこまでの作業は先週でそこそこ終えていた。

今週は母屋の裏手にある、かつて菜園を楽しんだであろうスペースがジャングルとなっているのを開拓している最中だった。

ちょうど瑠璃の部屋の前に当たる場所で、縁側の雨戸を開けるたびに見えてくる果てしのない自然そのままの森だ。できるだけ早く終わらせて、きれいな庭にしたい。

瑠璃は考えるより先に手を動かし続けていた。

「ここがきれいになったら、野菜でも植えようかしら」

『おお、それはええ。野菜がなるのを見るのも楽しいからなあ』

「お庭で採れた野菜を食べられるなんて贅沢よね。新鮮だし、身体にもいい……っと、すごい根が張ってる！」

引っこ抜いた雑草のまるで食べられそうなほどに太くなった根を見て、瑠璃は仰天した。まだまだ、こちらのスペースはやりがいがある。

「おーい瑠璃、ちょっと見てくれないか」

桔梗と話しながら楽しく作業をする瑠璃に、縁側の戸を開けて龍玄が話しかけてきた。

「はい……お庭から回りますね！」

瑠璃はいったん抜いた雑草をまとめると、手袋を取って庭をぐるりと回り、龍玄の部屋の縁側に向かった。

「先生、どうしました？」

土ぼこりまみれの瑠璃に気がつくと、龍玄は紙をぺらりと持って近づいてくる。差し出された紙には、数多くのもののけが服を着て遊んでいる姿が描かれていた。

「わ、素敵……！　これなんて、すごく楽しそうです」

大合唱をしているもののけ達はみな口を大きく開けており、今にも画面からメロディーが聞こえてきそうだ。

他にもスポーツを楽しむ姿や、かくれんぼをして遊ぶ姿、極めつけは宴会をしたあとに腹を出して寝てしまい、洟提灯《はなじょうちん》を出しているもののけも描かれている。

「すごいです、先生。見ているだけで楽しい気持ちになります」

「こんなのを基本に描いていこうと思う。他につけ加えたいものがあるか、また彼らに聞いてほしいんだ」

「もちろんです」

意気込んだ瑠璃に向かって、龍玄が柔らかく目を細めた。

「今聞けるか？　また訳の分からない生き物に見えるくらい、瑠璃に引っついている」

「え、そうなんですか⁉」

瑠璃が驚くと同時に、たくさんの『声』が聞こえてきて、思わず耳を手で塞いだ。

『みんないっぺんに話したらあかんで！　順番や』

桔梗が仕切ると、次々に要望がきゃらきゃらと瑠璃の耳に届く。おおむねそれは龍玄の絵に対して好意的な意見ばかりで瑠璃は嬉しくなる。

「これで大丈夫だそうです……え、なに、ゲームをしている姿？　それはテレビゲームの話？　ああ、そうなのね……先生――」

「贅沢すぎやしないか？　まあいい、確認してくれて助かるよ。じゃあそれを描きつつ、構図もそろそろ最終案を決めていくか」

「お願いします。あと、ファミレスとドリンクバーって言ってます……またリクエストが聞こえたら伝えますね」

ニコッと笑う瑠璃に反し、龍玄は眉をひそめた。

「……それは却下だ。まったく……瑠璃が優しいのをいいことに好き放題言いやがって」

龍玄がぶすっとした顔をすると、わーわーとあちこちから抗議する『声』が聞こえる。

彼らのブーイングは龍玄に届いていないのだが、動きを見れば言われていることの察しはつくようで、彼は尊大にふん、と鼻を鳴らした。

しかし、ぶすっとしてはいるものの、なんだかんだ龍玄はもののけ達に優しいので、ドリンクバーは絵巻物に追加されることになるだろう。

部屋に戻っていく龍玄の後ろ姿を見届けてから、瑠璃はまたジャングルを開拓すべく庭に立ち向かう。

良い作品ができるはずだと心が躍って、草むしりにも精が出た。

「無事に、引っ越しができますように」

『大丈夫やろ、なにせ、龍玄と瑠璃なんやから』

「ふふふ、ありがとう」

昼になる手前で区切りをつけ、今度は昼食の準備を始める。

あまり食べない龍玄には、いつも通り軽めに用意する。しかし、肉体労働をしているせいか、瑠璃自身は最近妙にお腹が空いてしまうのでかなり量が多めだ。

今日はうどんを茹でたのだが、冬にはうってつけの温かさとだしの香りが食欲をそそる。

「先生を呼びに行かないと……あ、そうだ！」

思いついた試しに、近くに居るであろうもののけに龍玄を連れて来てと伝えてみると、あちこちから『はーい！』と可愛らしい返事が聞こえてきた。

座って待っていると、家主が数分後に現れる。席に着くと、ものすごく含みのある表情で瑠璃を見つめてきた。

「……あんなにもののけ部隊を大量によこさなくても、きちんと来るぞ」

「そんなに大勢、先生を呼びにいったんですか？」

「ああ。もはや、いやがらせかと思うくらいだ」

「あはは、先生のこと大好きなんですよきっと」

温かいうどんを出すと、龍玄はふむ、としかめっ面で息を漏らした。二人で手を合わせてから食事に箸を伸ばす。

「そういえば、長谷さんに掛け軸の修理をしてくれるところを教えてもらって出しました。大丈夫でしたか？」

「もちろんだ。戻ってきたら、また床の間に飾るからな」

「今飾ってある作品を下げちゃうのは惜しいですけどね」

「気に入ったのなら手元に残すか？」

当たり前のように言われて、瑠璃はうどんを口に入れ損《そこ》ねた。

「気に入っていますけど、私の一存で決められるものじゃないです」

「瑠璃がこの家にいてくれる間は残しておいてもいい。ずっと売らないでおくことだってできる」

「ですが」

「今この家の管理をしてくれているのは君なのだから、瑠璃が家にとっていいと思うことはなんでもやってくれ」

「じゃあ残しておいてほしいですと言いたいですが……出しゃばり過ぎじゃないですか？」

龍玄はふふふと笑った。

「構わないさ。瑠璃はわがままを言わないんだから、たまには言ってくれたっていい」

その笑顔は反則だなと思いつつ、瑠璃は頷いてからうどんを口に運んだ。温かさが身体の芯まで伝わって、食べ終わる頃には力がみなぎってきていた。

昼食を終えて夕食の買い出しに近くのスーパーに立ち寄ると、瑠璃を見て目をしばたたかせた人がいた。

にこやかな笑顔を向けられたので、こんにちはと声をかける。するとその老婦人は挨拶を返しながら、瑠璃に興味津々の様子で近寄ってくる。

「こんにちは。あなた、あの画家先生の所の若奥様？」

「えっ!?」

つい素《す》っ頓狂《とんきょう》な声を出してしまい、慌てて口元を手で覆った。野菜の陳列棚から一歩下がると、上品そうな身なりの老婦人に全力で違いますと伝える。

「私、住み込みで助手と手伝いをしているんです」

「あら、そうだったの？　ごめんなさいね。私てっきり新しい奥様かと」

目をぱちくりしている彼女に、瑠璃は全力で否定を繰り返した。

「紛らわしかったですよね。奥様は近くにお住まいですか？　ご挨拶もせずに失礼しました」

「二軒先の向かいに住んでいるのよ。あの先生は謎だらけだから……私も憶測でものを言ってしまったわね」

悪気の一片もない笑顔に瑠璃はホッと胸をなでおろした。

しかし老婦人は心配そうに頬に手を当てる。

「あなたお若いのに大丈夫？　親御さん達は心配していない？　あらやだ、私ったらお節介よね」

言われて瑠璃は、親に会社を辞めたことを伝えていなかったと思い出した。

つまり、龍玄の家にいるということを親は知らない。

さすがに年末前には連絡をしなければ、と少し憂鬱《ゆううつ》な気持ちになりつつも、見ず知らずの人にそんな感情を見せるわけにもいかない。瑠璃は笑顔を作って、ぺこりと頭を下げた。

「大丈夫です、ご心配ありがとうございます」

「ちょっと不気味な絵を描かれる方でしょ？　だから怖い人なんじゃないかって思っちゃったわ」

「たしかに先生は気難しいと有名です。でも、とても優しい方で、安心してお仕事できています」

「なら良かった。でもなにかあれば、いつでもうちにいらっしゃいね」

本気で心配してくれている様子にほんのりと胸が温まる。もう一度瑠璃が頭を下げると奥様はニコニコと笑いながら去っていった。

（それにしても若奥様って……）

まさか自分がそんな風に思われていたとはつゆ知らず、瑠璃はちょっとだけびっくりしてしまったのだが、気を取り直して買い物を済ませた。

「……それにそんなに先生の絵は不気味かしら？」

『うーん、そりゃあ見る人によっちゃあ、そう見えるだろうなあ』

ふとした自分の言葉に、聞こえるはずのない『声』。桔梗のものでもなければ、龍玄の家で聞いていたどの『声』でもない。

「あ、そのしわがれ声は……！」

瑠璃は大慌てで家へ走って帰ると、買ったものをキッチンに置いてすぐさま龍玄の部屋に向かった。

「先生、先生‼」

返事が聞こえるや否や部屋に押し入ると、珍しいものを見るように龍玄が目を見開いていた。

「どうした、そんなに慌てて」

「私のどこかに、もののけついていませんか⁉」

瑠璃はくるりと一回転してから、龍玄の横まで近寄って顔を上気させたまま正座をする。

「どうしたんだ一体……ついてるが、それがなんだ？」

「やっぱり！　どこです、どこについています？」

「右肩にいるぞ。見慣れない顔……いや違うな」

龍玄は腕組みしながら考えこみ、そしてぽんと手を打った。

「どこかで見たと思ったら、初めて会った時に瑠璃の肩にいたやつだ」

「このもののけ、私が小さい時から一緒にいた子なんです。最近この子の声が聞こえないと思っていたんですが、さっきやっと聞こえてきて……」

「へえ。ずっと一緒だったのか」

「先生、もし大丈夫だったら、この子の姿を描いてもらうことってできますか？」

瑠璃は龍玄の前にずずいと進み出た。

「お支払いが必要ならお給料から引いてもらって構いません。足りなかったら、来月分も――」

「落ち着け、瑠璃」

龍玄は瑠璃の気合いに気圧《けお》されつつ、にっこり笑うと瑠璃の頭をポンポンと撫でた。

「描くのは描いてやるから。隣で見るか？」

「はい‼」

龍玄は相好《そうごう》を崩すと、新しい紙を取り出して瑠璃の肩にいるもののけを描き始める。描いている邪魔にならない程度に身を乗り出し、瑠璃は筆先から紡がれる線を追った。

『なんや、わしの姿を描こうとしてはるんか？』

しゃがれた、しかし張りのある『声』に瑠璃は満面の笑みで頷く。

「そうなの、あなたのことをもっと知りたくて……今までどこに行っていたの？」

『ああ、ちょいと休憩と報告しにな。新しいとこに来たから周りに挨拶したり、まあ……わしも忙しかった』

「そうだったんだ。居なくなっちゃったかと思って……ほんとは寂しかった」

もののけは『ほお～』と驚いた声を出した。

『なんや、ちょっと見ないうちに、ずいぶん心境の変化があったようやのお』

「先生のおかげなの。あなた達が存在しているってわかって……その、ずっと妄想だと思っていてごめんね」

謝ると、沈黙が返ってきた。少しだけどきりとしながら瑠璃はうつむく。

たしかにずっと無視をし続けてきたのに、瑠璃の発言は少しばかり虫が良すぎたかもしれない。黙っていると、龍玄がふと顔を上げた。

「――できたぞ」

龍玄の手元のもののけの絵を見て、瑠璃は思わず感嘆の声を漏らした。

「可愛い……！」

ふわふわとした毛で覆われた、小さなフクロウのような姿が紙に描かれていた。

ふつうのフクロウと違うところは、大きな目が一つついていることと、脚も一本だということだ。翼のように見えたがそれはどうやら手のようで、丸い身体の両脇から少し寸足らずに生えているのが可愛らしい。

「先生、ありがとうございます。すごく嬉しい……」

「ああ。そのもののけに名前はあるのか？」

するとツンとした『声』が瑠璃に聞こえる。

『わしに名前なんてないで』

「この家にはもののけがたくさんいるから、あなたにも名前がないと困るかも……」

名前などいらない、と言われるかもしれないと思いながら瑠璃は呟いた。

すると龍玄が描き上げた絵を見つつ、ふむ、と頷く。

「名前がないのなら、フクロウみたいだから、縁起もよさそうだし『フク』とでも呼んでおこうか。瑠璃のことをこれから先も見守るつもりだろう？」

フクと名付けられたもののけは、龍玄の問いかけに『……うむ』と納得したようだ。

その『声』に驚きながらも、瑠璃は心底ホッとする。

「ありがとうございます！　この絵は大事に飾ります」

瑠璃はフクの絵をもらうと、自室に持って帰って乾ききるまで机の上に置いておくことにした。するとフクはおずおずとした声で瑠璃に訊ねる。

『どうするんや、それ』

「額に入れて飾るの。宝物にするね」

『……そないに、わしのことが気に入ったんか？』

「だって……ずっと私を励ましてくれたし、いつもいい報せをくれた。本当に感謝しているの。姿があって話ができて、これからも一緒にいられるなら、私はすごく嬉しい」

言いながら、込み上げてくるものがあった。ずっと彼らを無視していたことは苦しかったが、無視されていた彼の方も辛かっただろう。

『心配せんでも、居なくならへんて。わしが消える時は、瑠璃が死んだ時や』

「私、長生きするからね」

ありがとうと伝えると、今までの感謝の気持ちが溢れ出してきて、涙が視界をたっぷり滲ませた。瑠璃は龍玄が描いてくれた絵を見つめると、いとおしそうに撫でた。

＊

もののけ達の引っ越し先である、絵巻物の構図が出来上がりつつあった十二月頭の昼過ぎ。龍玄の家にやってきたのは、マーケターの長谷だった。

「瑠璃ちゃん、久しぶり！　家が見違えるようにきれいになっててびっくりだよ」

長谷は数寄屋門《すきやもん》から入ってくるなり、庭の激変した様子に感激していた。

さらにキチンと整頓された応接間を見ると、嬉しそうに眉毛を八の字にする。出されたお茶が得体の知れないものでないことに、涙を流すかのようなリアクションをした。

「長谷。少しオーバーすぎるだろうが」

「そんなことありませんって。こんなきれいな湯呑みで、こんなに美味《おい》しいお茶が先生の家で出てくるなんて、天変地異ですからね！」

「俺は厄災かなにかか？」

「ああ、瑠璃ちゃん万歳。得体の知れたお茶最高！」

長谷を半眼で睨みつけてから、龍玄は呆れたように鼻を鳴らした。

「ところでなんの用事だ。茶を飲みに来ただけならとっとと帰れ」

「つれないですね。違いますよ、春に行う予定の展示作品の進み具合はどうかなって。こんなに快適な環境なら、さぞかし筆の進みもいいんじゃないですか？」

長谷の弾ける笑顔を見るなり、瑠璃と龍玄はしまったと顔を見合わせた。四月に行う予定の展覧会用の巨大な画面は、龍玄の部屋で白紙の状態で置かれたままになっている。

もののけの引っ越し先の絵を描くことに集中しすぎて、そちらまで手が回っていなかった。すんなり終わるどころか、要望が多すぎて苦戦していたのだ。

目を泳がせた瑠璃とこめかみを押さえた龍玄の様子を見るなり、嬉々としていた長谷の表情がみるみる変わる。

「え……二人のその『しまった⁉』みたいな顔はなんですか……めっちゃ嫌な予感がするんですけど……」

「嫌な予感は大当たりだ。そっちは、手がつけられていない」

「えー！　ちょっと、先生。ほんとうに困りますよ‼」

長谷は飛び上がらんばかりの勢いで身を乗り出した。思い切り眉毛を八の字にして、「勘弁してください‼」とソファに力なく寄りかかって脱力する。

「……間に合いそうですか？」

「たぶん、間に合わない」

「ええっ‼　他になにか描いちゃってるとかですか⁉」

「まあ、そういうことになる……」

もはや泣きそうな勢いの長谷に対し、龍玄は腕を組んで考え込む。

「先生、ほんとにほんとに困りますって！　俺の立場とかそういうのなしで、お客さんも楽しみにしているわけで」

わかっている、と龍玄はさらに唸る。

「長谷。……ちなみに原画の販売をすると言ったらどうだ？」

「あはは、それだったらぜんっぜんいいですけどね。なにしろ先生は原画を売らないことで有名ですし、それを発表した時点でプレミアものですよ。数点は美術館が購入するでしょうしね」

でもそんなこと今までしなかったでしょう、と長谷が泣きそうなため息を吐いて頭を掻きむしり始める。龍玄は「今まではな」と小さく頷いた。

それを聞いた長谷が弾かれたように顔を上げる。

「と言うと……つまり……？」

「春の展示会では原画を販売する。それに切り替えてくれ」

驚きすぎた長谷は声も出せないどころか、完全に停止してしまった。

「……長谷さん、息、息してくださいっ！」

瑠璃が声をかけ、服をつついてやっと、長谷は息をぷはっと吐き出した。

「聞いた、瑠璃ちゃん？　君が証人になってね‼　先生、男に二言はないですよね⁉」

みるみるうちに興奮で顔を赤らめて、鼻の穴を膨らましながら長谷は瑠璃と龍玄を交互に見た。

「ああ。新作発表はなしだ。かわりに原画を売る……二度も言ったぞ」

長谷は応接間に響き渡る声で「やったー！」と雄たけびを上げて、ガッツポーズをする。

「長谷うるさい、静かにしろ！」

「だってだって、聞いた瑠璃ちゃん⁉　龍玄先生が原画販売だよ！　ありえない、なんの魔法だろう‼」

喜びのあまり、長谷は勢い余って横にいた瑠璃に抱きつくなり、手を握って力説し始める。びっくりして今度は瑠璃が停止すると、龍玄が低い声を出した。

「おい。うちの助手に気安く触るな」

「え、あ、はい……そんなに怒らなくても」

「いーや、セクハラで訴えられても俺は知らないからな」

そんなことしませんよ、と瑠璃が苦笑いをする。しかし龍玄はなぜか機嫌を損《そこ》ねたらしく、お決まりの仏頂面で長谷にとっととと帰るように伝えた。

「帰りますけど、原画販売は絶対ですからね‼　もう上にも報告しますからね、後戻りできませんからね！」

「わーかった、くどいぞ」

長谷はずっと約束だ絶対だと繰り返していたが、表情は明るく興奮しているのがわかる。玄関まで見送りに行っても、「絶対ですからね！」と念を入れるほどだ。

「なんだあいつは、うるさいやつだな」

「それくらい珍しいし、嬉しいことなんでしょうね。私も、事情を知らなければ、先生が原画を販売するなんてびっくりしたと思います」

「まあいい。ところで長谷に抱きつかれて不快な思いをしていないか？」

それに瑠璃はきょとんとして龍玄を見上げた。

「大丈夫ですけど……」

「ならいい。長谷は大げさすぎる。あれじゃまた押しかけて絶対だなんだと言われかねない。玄関に盛り塩でも置いてくれ。ついでに自分にも塩をかけておけ。長谷のうるさい念がくっついていると困る」

釈然としない様子に、瑠璃は思わず噴き出してから「わかりました」と返事をした。

「そんなに長谷さんのリアクションが面白かったのね。先生があんな顔するなんて」

言われたとおり盛り塩を作りながら独りごちていると、桔梗とフクの声が聞こえてくる。

『溺愛やな』

『ああ、溺愛や』

「……できあい？」

二人のもののけは、もはや瑠璃の肩と頭が定位置になっているようで、たいがい引っ付いておしゃべりをしている。サラウンドに聞こえてくる『声』に瑠璃は首をかしげる。

『せや、嫉妬や嫉妬。瑠璃が他の男に抱きつかれるのが嫌なんや』

「まさか、先生がそんなこと気にするわけないじゃない」

『いいや、あの顔は嫉妬や』

『瑠璃のことよっぽど気に入っとんねんな、龍玄ちゅうやつは』

言われて瑠璃はそんなことないよと思いつつ、玄関に盛り塩を置いた。

「先生が私のこと認めてくれているのは嬉しいけど、二人とも気にしすぎよ」

のんきな瑠璃に、桔梗とフクは意味深にふんと言っただけだった。

――さて、原画を売ると長谷に声を大きくして宣言してしまった手前、龍玄と瑠璃はもののけ達の引っ越し先を早く完成させなくてはならなくなってしまった。

期限の春までは、あと四ヶ月。毎日取り組めばどうにかなるペースだが、油断はならない。

「早く描かないと間に合わなくなりそうだが……しかし瑠璃は、年末年始は実家へ顔を出すんだろう？」

親に連絡していないことを思い出して、瑠璃の胸がチクリとした。気まずい表情を読み取ったのか、龍玄は「まさか」と瑠璃の手を掴んだ。

「親に、ここで働いていることを伝えていないのか？」

すっかり忘れていたが、龍玄はもともと鋭い人だ。隠し通せる自信もなく、変に言葉を濁すのも嫌で、瑠璃は困惑しながら龍玄を見た。

「……はい」

「伝えたら、反対されるのか？」

「わかりませんが、前の会社で体調を崩した時から親と話しにくくて……」

瑠璃以上に龍玄が苦境に陥《おちい》ったような顔になる。

「もし俺との同居状態に反対されるようなら、離れを使ってもらっても構わないが……。とにかく、今君がいなくなるのは困る」

「それは、その……私も辞める気はなくて」

親との関係がぎくしゃくしているのを見抜き、困ったなと龍玄が嘆息しながら長い髪の毛を掻き上げた。

「もう成人しているから、どこで働こうとなにをしようと、君の自由にすべきだが……働いている場所は伝えておいた方が、親御さんも安心するんじゃないか？」

「そうなんですけど、気が重くて」

会社を休職すると告げた時の両親の反応を思い出して、胸がずきずきと痛んだ。そんな瑠璃を安心させるかのように、龍玄はポンポンと肩に手を置いた。

「瑠璃、ちゃんと伝えておいで。逃げ回っていても、いずれわかってしまうことだ。今のうちにきちんとしておきなさい」

「ですが」

「大丈夫だよ。なにがあっても、俺は受け止めるから」

そう言って龍玄の温かい手が瑠璃の頭を撫でる。

「でも先生、もしそれで辞めるようなことになってしまったら……」

「なんなら、俺が挨拶に行ってもいい。大事なお嬢さんを預かっているんだからな。暇そうだから長谷にもついてこさせよう」

最後のは冗談だったが、龍玄の心遣いにふっと瑠璃の心が軽くなった。

『瑠璃。わしも行くから、安心しい』

瑠璃はフクの『声』にぱっと顔を輝かせて、決心したように頷いた。

「先生……ありがとうございます。私、きちんと話してきます。フクも来てくれるって」

「ああ、それなら安心だな」

龍玄は瑠璃の肩を見ると、ちょんちょんとフクの頭を撫でるようなしぐさをした。

「数日で構いませんので、年末年始にお休みをいただけますか？」

「もちろんだ。しっかりと話しておいで」

瑠璃は深々と頭を下げた。

＊

「先生、おせちは冷蔵庫の中に入っています。お雑煮のおつゆは鍋の中に、あと、お餅は――」

「わかったって。メモを用意してくれているのだから、心配しすぎだ」

瑠璃は暮れのぎりぎりまで龍玄の家で仕事をした。

龍玄を一人残すのが心配という理由も大きかったが、それと同時に、実家に帰ることを考えて重くなってしまった気持ちをまぎらわせたかったのだ。

決心が何度も揺らぎそうになっているのを、龍玄だけでなく桔梗やフクに励まされた。

帰り支度を小晦日《こつごもり》に完全に終えた時には、ザワザワと心が落ち着かず胸が押しつぶされそうになっていた。

「大丈夫だから、そんなに心配するな」

「ありがとうございます。先生……よいお年を」

「ああ、よいお年を」

龍玄は玄関まで見送ってくれて、瑠璃は憂鬱《ゆううつ》な気持ちで屋敷を立ち去った。年明けは三日まで休みをもらったのだが、正直、長いなと感じている。

気乗りしないまま電車に乗り込む。寒い中歩いたので、電車の中の暖かい空気が顔中に染みた。実家は龍玄の家から一時間もかからない距離にあるので、覚悟を決める暇もない。

外を流れる景色を眺めながら二回乗り継ぎをし、最寄り駅に着いた時には気持ちが沈みすぎて逆にすがすがしかった。

「――ただいま」

実家のインターホンを押して帰宅を告げると、母親が顔を出した。

「お帰りなさい」

瑠璃の顔色を見て、母親は安心したように口元を緩ませた。

ニコッと微笑み返したものの、瑠璃はばつの悪いままリビングに向かう。

『久しぶりやなあ』

フクの声にいつものように返事をしようとしたのだが、父親がソファでテレビを見ているのを視界にとらえると瑠璃は口を閉じた。

育った家に懐かしさと安堵を感じないわけではない。ただいつもは自然にできていたはずの『声』を無視することが、やけに歯がゆく感じた。

お帰りと声をかけられて、瑠璃はひとまずダイニングの椅子に腰を下ろした。

「桃子は帰って来るの？」

「連絡取っていないの？　もうすぐ帰って来るんじゃないかしら」

お茶を飲みながら母親と話をしていると、「ただいま！」と弾けるような声とともに妹の桃子がバタバタとリビングにやって来る。

「わ、みんな勢ぞろい。久しぶりだね！」

この家で一番騒がしい桃子は、髪の毛が明るい色味になっていた。父親が桃子の髪色を見るなり顔をしかめ、なにか言いたそうに口元を動かして閉じる。

いつも通りの『普通ではないこと』を避ける父を横目に、瑠璃は援護射撃のように口を開いた。

「桃子すごい可愛くなったね」

派手な髪色は、可愛らしい桃子の顔立ちに似合っている。今どきのメイクや服装も雰囲気にぴったりだった。

桃子はぱっと顔を輝かせて、瑠璃を見つめる。

「お姉ちゃん！　もうぜんっぜん連絡くれないんだもーん。なんかあったかと思ったじゃん。仕事どう？　彼氏できた？」

怒涛の質問攻めに、瑠璃はぱちくりさせて口籠《くちご》もってしまった。

「んー、その反応はもしかして彼氏⁉　それとも昇進した⁉」

あけすけな桃子は、なんでも包み隠さない正直でいい子だ。ストレートすぎて困ることもあるが、今まさにその状態で瑠璃は目を白黒させてしまった。

そんな様子の瑠璃にはお構いなしに、桃子は調子良くどんどん質問を重ねてくる。

「彼氏じゃないなら、会社でカッコいい人がいるとか‼　いいな、社内恋愛！」

瑠璃はぽかんとしてから、違う違うと首を横に振った。桃子の突撃に近い質問攻めはまだ続いていて、瑠璃は苦笑いする。

そして、このタイミングを逃したら、自分のことを切り出せなくなるかもと思った。

『……瑠璃、言うてしまい。吐き出した方が、楽になるで』

背中を押すようなフクの声に、瑠璃はコップに手を添えたまま、息を吐き出した。

桃子はなにかを話そうとしている瑠璃に気がつき、目をキラキラさせながら身を乗り出してくる。

「なになにお姉ちゃん。いい話⁉」

「ううん、違う……仕事、辞めたの」

「えっ⁉」

桃子の驚きようも凄かったのだが、隣に座っていた母親もぎょっとして、目を見開いている。それに気がつきながらも、瑠璃は話すのを止めなかった。

「今は引っ越しもして、違う仕事をしてる」

家族の声が消えたリビングに、テレビから場違いな芸能人の笑い声が聞こえてくる。

「ここから一時間くらいのところで、住み込みで働いているの」

テレビの音がプツンと途切れて、今度は家全体が静まり返った。父親は眉間にしわを深く刻んで、キッチンにいる瑠璃を振り返って見つめてくる。

「……なんかあったのお姉ちゃん。あんなに仕事張り切ってたじゃん？」

「好きだったのよ、仕事。好きな仕事に就いたし、満足のいく生活だったの。でも、いつの間にか自分を追い詰めていて……」

桃子が心配そうな顔をするのと同時に、母親が震えるような声を発した。

「瑠璃、本当に仕事辞めたの？　まさか、なにか病気――」

「うん、軽い鬱《うつ》って言われた」

「なんで相談してくれなかったの？」

「前に、電話で相談したつもりだった。鬱《うつ》になってしまったから、会社を辞めたいって。私が弱音を吐いただけと思ったのかもしれないけど……私は本気だった――」

あの時、本当に瑠璃は助けてほしかった。

すると母親はぎゅっと眉根を寄せてうつむく。

「あなた昔はちょっと変だったから、就職できるか心配していて……やっと働けたのに辞めちゃったの？」

「うん」

瑠璃はきっぱり頷き、胸のつかえがとれたような気持ちになったのだった。

やっと言えたとホッとしている瑠璃の横から、桃子が口を尖らせながら瑠璃の手を握った。

「お姉ちゃん、あたしに言ってくれたら良かったのに」

「言えないよ。頑張っている桃子の邪魔をしたくなかったから」

桃子は困ったようにはにかんだ。

「水くさいなあ」

「次になにかあれば、ちゃんと言うから」

桃子はしょんぼりしたあとに、次は必ず相談してねと瑠璃の手を強く握った。

「ありがとう、桃子」

桃子がそう言ってくれたことに励まされる一方で、母親はめまいがしたようで、倒れるように背もたれに寄りかかる。父親もこれはただごとではないと感じたのか、ソファから立ち上がってキッチンにやってきた。

「瑠璃、今はどうしているんだ？　新しい就職先と住み込みとはどういうことか説明しなさい」

父親の剣幕に一瞬気圧《けお》されたのだが、瑠璃はぐっとこらえた。

「龍玄先生って覚えている？　私が学生の時に、何回かみんなに見せたと思うけど」

「覚えてるよ！　あの変な絵を描く人でしょ？　お姉ちゃんめっちゃあこがれていたよね？」

「その人のお家にいるの。食事を作ったり、庭のお手入れをしたり、道具を買い出しにいったり。立派なお屋敷で庭も広くて……意外とやることが多――」

「男の家に転がり込んだのか？」

父親の棘《とげ》のある言い方に、瑠璃の心臓が跳ねた。

桃子が「ちょっと父さん‼」とすかさず反撃をする。しかし、父親は頭に血がのぼってしまったのか、不機嫌な顔を隠そうともしない。母親は顔を両手で覆ってしまった。

「鬱《うつ》になって会社を勝手に辞めたかと思いきや、今度は男の家に転がり込んで逃げたのか？」

責めるように問われて、明るくなっていた瑠璃の気持ちが萎縮していく。

「龍玄先生は男の人だけど、そういう関係じゃないし、とってもいい人で――」

「いい人かどうかは関係ない」

「父さん、話を聞いて」

「瑠璃、そんなところ今すぐ辞めて、まともな仕事に就きなさい。男の家で住み込みで働いていたなんて、嫁の貰い手がなくなる。結婚相手にどう説明するんだ」

瑠璃は押し黙ってしまった。すんなり受け入れてくれるとは思っていなかったものの、ここまで拒絶されるとは想像していなかった。

『瑠璃、頑張り』

しかしフクの励ましに、瑠璃のしおれかけていた気持ちに活力が戻る。腹を立てた桃子が言い返そうとするのを瑠璃は視線で制止し、父親に向き直った。

「もう一度言うけれど、龍玄先生は雇用主で、これはきちんとした仕事だよ。やっと見つけた就職先なの、そんな風に偏見で悪く言わないで」

なるべく平静を装って伝えたが、発した瑠璃の声はわずかに震えていた。拒絶された恐怖と、龍玄を否定された怒りが込み上げてくる。

「あんな奇妙な絵を描く人間が、まともなはずないだろう」

「あなた、もうやめて！」

怒り出した父親を止めたのは、今までずっと黙って青ざめていた母親だった。

「瑠璃が自分で決めたことなのだから、きちんと見守るべきなのよ」

今にも泣きそうな母親の姿に驚いたのは、瑠璃だけではないようだ。桃子も父親も、いつもは明るく気丈な母の様子の違いに戸惑った。

「今の瑠璃を責めるのなら、あの時、この家に帰ってきていいと話をしなかった、私達にも責任があるわ」

「そうだが、お前が一番、瑠璃のことを恐れていたじゃないか」

「そうよ、だってこの子……一人で話してたり、誰もいないのに声が聞こえたりするって言うからどこか病気なんじゃないかって」

母親が苦しそうに目をつぶると、涙がこぼれた。父親は口をつぐみ、より深く眉根を寄せる。本当に心の底から両親は瑠璃を心配していたのだ。

母親はつぶっていた目を開いて、瑠璃を見つめる。

「瑠璃、せっかくのお仕事なんだからきちんと役目を果たしなさい。母さんは応援しようと思う」

「あたしも応援する……。嫁に行けないとか、父さんもう古すぎ」

瑠璃は二人の言葉に、小さく頷いた。

「でも、つらい時には今度こそきちんと相談して……これからはちゃんと聞くようにするから」

今まで逃げていてごめんなさいと、母親は瑠璃に頭を下げる。

「ありがとう。それから、心配かけてごめん……」

瑠璃は下を向いた。心配をかけてしまっていたことは、本当に申し訳なく思う。しかし、もののけのことを言えないのは、やはり心苦しい。

「ねえお姉ちゃん、今度あたしも遊びに行っていい？」

「え、うん……先生に聞いておくね」

「やった。母さん、一緒に行こう！　父さんも……気になるなら一緒に行って確かめればいいじゃない？　職場見学ってことで」

視線が集まると、父親は根負けしたように息を吐いた。

「……見に行かなくてもいい。瑠璃が選んだ職場なんだ、任せる」

本当は行きたいのであろう気持ちを押し殺しているのがわかって、女子三人は目を合わせるとふふふと笑った。

『やっと言えたな。よお頑張った』

（フク、ありがとう――）

瑠璃は見守ってくれていたフクに心の底からお礼を伝えると、椅子の背もたれに身体を預けてふうと息を吐いた。

いずれ、もののけのことも話せたらいいのに……

今はこれが精いっぱいでも、やっと歩み寄れた喜びで心の中がじんとした。

「今日のお姉ちゃんには驚いたな。話の内容もだけど、父さんに言い返したことなんて今まで一度もなかったのにね」

早めの夕食が済むと、部屋のベッドの上でゴロゴロしながら桃子が話を持ちかけてきた。

「ごめんね、びっくりさせるつもりはなかったんだけど」

「あたしと違って、自分の気持ち言わないもんね」

瑠璃は苦笑いをしながら、温かいお茶で指先を温める。

（父さんとも、もっと話ができたらいいな……）

きっと誤解している部分がお互いにあるはずだ。また、時をかけて話し合ってみようと思っているが、いつそれが訪れるか見当もつかなかった。

「お姉ちゃんがなにかをやりたいって言ったことってないよね」

それは、母親にずいぶん遠慮していたのだ。心配をかけてはいけないと、子どもながらずっと気を揉んでいた。

思えば、その時にいい子になる必要はなかったのだろう。もっときちんと自分のことを話せていたら、ここまでこじれることはなかったかもしれない……

「うん。でも美大に行きたいっていうのだけは、譲れなかった。行けるとは思っていなかったけど、一発合格しちゃったから反対しきれなかったんだろうし」

「えー。お姉ちゃんが美大に行くの、お母さんも反対だったの？」

「あまりいい気はしていなかったみたい」

自分の娘が人と違うかもしれないということを受け入れるのは、きっと難しいことだ。特に、平凡さを美徳のように考えている父が隣にいれば、より一層苦しかったのは想像できる。

だからこそ、瑠璃は龍玄への尊敬の念が増した。

「龍玄先生はね、私のことを手放しで認めてくれたの」

「なにそれ、めっちゃいい先生だね！」

「うん。その時私は自信がなくて、職もなくて、お金もなかった。だけど、先生が私を受け入れてくれた」

病気を抱え、職を辞めてしまった瑠璃を、ためらうことなく懐に抱え込める。龍玄は人より苦労して悩んだ痛みのぶん、人に優しくできる人だ。

認めてくれたのだから、きっちり恩を返したい。手助けできることはするし、彼の力になりたかった。

「なんだかお姉ちゃん、たくましくなった気がする」

「そうかもしれない。先生のお家はひっちらかっていて……キッチンからは三年前の賞味期限のビスケットが発掘されるの」

「……げえ」

「担当の画廊のセールスマンは、お茶が出された日にはなにから抽出されたものかわからないって顔引きつらせていたし」

「へえ……だいぶイメージと違うね。この人でしょ、龍玄先生って」

桃子は携帯で検索した龍玄の画像を見ている。

画像の龍玄はしかめっ面一歩手前の表情をしており、精悍《せいかん》だが優しそうには一切見えなかった。

「写真だと怖そうだけど、実際には優しくてよく笑う人よ。食べるのが遅い私だっていつも待っていてくれるし、困っているとすぐ助けてくれるもの」

ニヤリと桃子の視線が刺さってくる。

「お姉ちゃん、この先生のこと好きなの？」

「——え？」

「なんか、すんごいいい顔してるから好きなのかなーって。あ、でももし本当に好きだったとしても、お父さんには言っちゃダメだよ。また今日みたいに時代錯誤な考えで怒り始めるから」

瑠璃は首をかしげてしばらく考えてから、答えが見つからずに困った。

「先生のことは好きだけど、異性として恋愛的に好きかって言うとそうじゃなくて、あこがれに近いのかな。畏敬の念は持っているけど……」

「なんだ、つまんないの」

口を尖らせた桃子に、つまんなくないよと瑠璃は笑った。

「でも、お姉ちゃんが尊敬しているのはすごく伝わるよ。めっちゃ好きなんだね、そういう意味で……先生は、年末はどこかに帰ったりしないの？」

「今の家で過ごす予定。おせちも年越しそばも作ってきたから」

桃子は一瞬目をぱちくりさせた。

「――え、お正月一人なの？　しかもそこ、大きいお屋敷なんでしょ？」

「ご両親ももういらっしゃらないし、学生の時からずっと、年越しは一人だって言ってたなあ……というと、十年近くも一人で大晦日《おおみそか》を過ごしているってことになるのね」

離婚云々は伏せつつ現状を説明すると、桃子はベッドから飛び起きてクッションを掴む。それを抱きしめながら、瑠璃にずいっと迫ってきた。

「ヤバイそれ、寂しさの極みじゃん！」

「私が居なくて、ゆっくり休めていると思うけど」

「もし羽を伸ばしているとしたら、年明けに仕事に戻った時、相当散らかっているんじゃないの？　それこそ、今までの片付けと掃除が無駄になるくらいに……」

言われて瑠璃は青ざめた。そういえば、ガスコンロの元栓の位置さえ龍玄は知らなかったのだ。

さらに料理は壊滅的、お茶を淹《い》れたと呼ばれた時は、机の上に水たまりができていたことがある。

食器を洗おうとすると洗剤で手を滑らせて食器を落とすので、大人しくするように龍玄に伝えたことはすでに幾度となくある。

「……前科がありすぎて……どうしよう、心配になってきた。コンロの使い方はわかると思うけど、ガス漏れとかして火事になってないかな」

いくらしっかり者の桔梗がいるとわかっていても、考えただけで頭痛がしてきそうになった。

「お姉ちゃん、先生のところで年越ししてきなよ。いろいろ心配すぎるし。お休みは、また今度でもいいんじゃない？」

瑠璃は「でも……」と言いながら桃子を見た。

せっかく一歩家族として近づけたのに、またこのまま瑠璃が居なくなれば、父親が良く思わないことくらい透けて見える。逃げたのか、と怒られるのではないか。しかし桃子は悩む瑠璃に首を振った。

「話を聞く限り、誰かがその先生のそばにいた方がいいと思うけど」

「父さんにはなんて言うの？」

「伝えておくよ。父さんあたしには甘いし。また、お休みできる時に来たらいいじゃん。遠くないんだから」

それでも瑠璃は迷っていると、桃子は朗らかに笑って瑠璃の背を押した。

「ちゃんと伝えておくから安心してよ。あたしはお姉ちゃんの味方だもん。二人に顔合わせづらいだろうし、まだ遅くないから今のうちに戻れば？　明日の朝の電車でもいいけど」

瑠璃は時計を見た。時刻は二十時少し手前。今からなら二十一時には戻れる。

「私、戻る——‼」

また今度ゆっくり話しに来ると桃子に約束し、瑠璃は慌てて荷物をまとめて駅まで駆けだした。

「すみません、新薬師寺《しんやくしじ》の方面にお願いします！」

電車の待ち時間を渋って、一回目を乗り継いだ先の駅からタクシーを拾った。

時刻は二十時二十分。タクシーで行けば半過ぎには到着できる。

しかし、勢いにまかせて帰って来たものの、龍玄が出かけていたらどうしようと急に不安になった。戻ったことを面倒に思われたらと思うと、足がすくみそうになる。

それを抑えつけるように瑠璃は小さく呟いた。

「こうなったら、イチかバチかってやつね」

『きっとおるで、安心しい。それに、先生は瑠璃のこと嫌がったりせんて』

急《せ》く気持ちを抑えつつ玄関前に到着すると、お釣りは受け取ってくださいと運転手に伝えて転がるように車を降りた。

暗くても堂々とした外観の数寄屋門《すきやもん》の前に立ち、奥に明かりが見えないか背を伸ばして覗こうとしたのだが、高い壁で中はまったく見えない。

呼び鈴を押してしばらく待ってみたのだが、たった数秒が長い。

応答がないので入ってしまおうと門に手をかけたところで、インターホンから怪訝そうな声が「はい？」と返ってきた。

「先生、私です。宗野です――」

「瑠璃？　帰ったんじゃ……ちょっと待て、すぐ行く」

玄関にある下駄をつっかけたのだろう。急ぎの足音が、カラコロと近づいて来る。その音が鳴りやむと同時に、若干乱暴に戸が開き中から龍玄が顔を出した。

「先生、私――」

「いいから入れ」

怒ったように腕を掴まれて門の中に強い力で引っ張り入れられた。龍玄はなにも言わずに瑠璃の手を引いて玄関へ先導する。家の中に入ると、外の骨までしみるような寒さが和《やわ》らいだ。

「先生、ごめんなさい突然」

「忘れ物か？　なにかやり残しか？　電話してくれれば良かったのに、わざわざ戻って来るなんて」

困っているのか怒っているのかわからない顔をされてしまい、瑠璃は玄関で立ちすくんだままになる。

「冷えてしまうから」

瑠璃を連れ立ってダイニングに行くと、先ほどまで龍玄がそこにいたのか、ストーブの温もりがまだ残っていた。

「なにか温かいものを……」

龍玄が茶を淹《い》れようとし始め、瑠璃は大慌てで彼を止めた。怪訝そうに見下ろしてくる視線に、瑠璃はやっぱり帰ってこないほうが良かったかなと思ってしまう。

『ほら、瑠璃。はよ先生に帰ってきた理由伝えんと』

フクにはっぱをかけられて、瑠璃は給仕を止めるために掴んだ彼の手をぎゅっと強く握り直した。

「おせっかいで帰ってきちゃいました。先生が一人でお正月を過ごすのかと思うと、なんだかとても悲しく思えて。一緒に年越ししちゃダメですか？」

見上げると、龍玄はひどく驚いた表情をしていた。

瑠璃はさらに重ねるように言い募る。

「あの、家族にはちゃんと話しましたし、妹に外出の許可ももらいました。なので——」

そこまで一気に言うと、ふわりと温かいなにかに包まれた。気がつくとぬくもりが全身に広がっている。

「せっ……先生⁉」

龍玄に抱きしめられていると理解した時には、びっくりしすぎて心臓が口から飛び出しそうになった。

「あ、あの、先生……やっぱり私」

「そのために戻って来たのか？」

被《かぶ》せるように声が聞こえてきて、瑠璃はしどろもどろになりながら「ええ」と頷く。

「……迷惑でしたか？」

龍玄は首を横に振る。柔らかい龍玄の髪の毛が、瑠璃の頬をくすぐった。

「帰ってくるなら明日でも良かったのに、こんな夜に……」

「だって先生を放っておくと、キッチンで火事を起こしちゃいそうですし。お料理温められるかなとか、戸締りしたかなとか、ストーブ消したかなとか色々心配で……」

「それくらいできる。何年一人で暮らしていたと思ってるんだ」

ムッとした声とともに、龍玄の瑠璃を抱きしめる力が強まった。

「こんなに身体を冷やして。無茶をしすぎだ」

「ごめんなさい……でも居ても立ってもーー」

瑠璃、と強く名前を呼ぶ声に遮られて、瑠璃は言葉を止める。

「ありがとう」

本当に小さかったが、それでいて胸がいっぱいになるような声音《こわね》が耳の近くで聞こえてくる。瑠璃はホッとすると、龍玄の背中に手を回した。

「先生、ただいま戻りました」

「ああ、お帰り」

瑠璃を解放すると、龍玄はぽんぽんと頭を撫でた。風呂を沸かすから茶でも飲んで温まりなさいと言われて、瑠璃は大人しくやかんで湯を沸かし始める。

シンクには作り置きしておいた夕食を食べた形跡がある。きちんと皿も洗ってあったが、よく見ると洗い残しがあって瑠璃は笑ってしまった。

「龍玄先生らしい」

呟いた次の瞬間。もののけ達が一斉に『おかえり！』と声をかけてきて、瑠璃は笑顔になった。

『短い帰省やったなあ。そんなにこの家が気に入ったんか？』

「うん。とっても気に入っちゃったの。桔梗もみんなも、ただいま。一緒に年を越そう。いいでしょ？」

キャラキャラとにぎやかな『声』が、あっちこっちから聞こえてくる。耳に心地よくなってしまったこの家の住人の音を聞きながらお茶を淹《い》れていると、風呂の準備をしていた龍玄が戻ってきた。

そして、瑠璃を見るなり噴き出すように笑い始める。

「……もしかして、私またもののけまみれになっています？」

「はは、傑作だ。そんなにあちこち引っ付けて、公園の遊具じゃあるまいし」

「連なってます？」

龍玄は目に涙を溜めながら、こらえきれないというように頷く。瑠璃は彼の飛び切りの笑顔が見られて、戻ってきて良かったと心底安堵した。

二人でお茶を飲んで短い帰省の話をし、お風呂にゆっくり浸かって温まると、瑠璃は住み慣れた自室へ戻る。キャリーケースは部屋の隅に置いて、ベッドに身体を投げ入れた。

『瑠璃、今日はよお頑張ったな』

「うん、ありがとう。父さんはあんな言い方をしてたけど、結局は私のことを心配しているのよね……？」

『せやなあ。親の心子知らずとは言うけど、逆もしかりや』

フクは『おやじさんも何度言っても頭固いわなあ』とうんうん唸りながら相槌を

打った。

「母さんも……ずっと悩んでいたんだよね」

『今は、きちんと瑠璃と向き合う気持ちになったようやな』

「そうだね。……先生も喜んでくれて良かった」

しゃべりながら、瑠璃は疲れがどっと押し寄せてくるのを感じる。

(父さんは納得してくれるかな……?)

桔梗とフクにお休みと告げて目をつぶると、瑠璃はすぐに深い眠りに落ちてしまった。

意気込んで帰ってきたはいいものの、特にやるべき家事もない。なので、帰宅した翌日はお飾りのチェックと年末のテレビの特番について調べた。

見たい番組どころか、ここ数年テレビを見ていないという龍玄に驚き、ダイニングに置いてあるテレビをつけてみた。

前の持ち主が置いていったままの、少し型が古いが特大サイズのテレビだ。ポワンとした独特の音を発したあとに、しばらくしてから無事に映像が映し出される。

「そういえば、除夜の鐘ってこの辺りではどうなんですか?」

「寺だらけだからな、たくさん鳴る」

「鳴らしに行きますか？」

「すごい人だぞ……ああ、瑠璃はこの辺りで初めての年越しか。例年すごい人出で、どこの寺でもいろいろな行事をしている。神社も多いから、初詣もすぐだ……行きたいか？」

キラキラと目を輝かせている瑠璃に気がつくと、龍玄は困ったように微笑んだ。

「整理券がもらえれば、鐘もつける」

「見るだけでいいです。お出かけしましょうよ、せっかくなんだし」

「とはいえ、もののけ達は留守番だぞ。そんなに引っ付いて連れて行って、坊さんに見つかって成仏させられても困るからな」

半眼でため息を吐いている龍玄の言葉が気になって、瑠璃は目線を上に向けた。

「……桔梗さん、成仏しちゃうの？　お経聞くと具合悪くなるとか？」

『阿呆なこと言わんといてや。悪霊やないんだし、そんなもんで成仏せえへん。まあ、体中痒《かゆ》なるけどな』

「痒《かゆ》く……」

『かっゆいなんてもんやないで、経はあかん。煩悩まみれの方が心地ええわ』

フクが震えて痒《かゆ》がる姿を想像して、瑠璃は笑ってしまった。

「年越し蕎麦《そば》を食べて、ゆっくりしてから行くか。寒いからな、たくさん着こまないと風邪をひく」

瑠璃はわくわくしながら、すぐに除夜の鐘の情報を調べた。

家族と一緒の時は、いつも深夜までみんなでテレビを見て過ごしていた。たいてい父親は寝てしまうけれども、桃子と母親と一緒に十二時ぴったりにおめでとうを言いあうのが恒例だ。そのあとに仮眠を取り、まだ暗いうちに起きて家族全員で朝日を拝みに行く。

「深夜に外に出かけるのは初めてかも……楽しみ」

夜までが待ち遠しかった。


「さっき調べたら、年越し蕎麦《そば》の由来ってたくさんあるんですね。興味深いです」

夜になって年越し蕎麦《そば》をずるずるとすすりながら、瑠璃が話題を振った。

「金が集まるとか、長く生きられるとかだったか？」

「はい。一年の厄災を断ち切るとか、健康を願ったり、そばにいられるようにという願掛けとか……とにかく縁起がいいってことですよね」

「風物詩だよな、日本の。食べて休んだら出かけよう。瑠璃、早く食べないと蕎麦《そば》が伸びるぞ」

「……寿命が延びるようにっていう願掛けです」

食べるのが遅い瑠璃をからかいながら、龍玄はいつもより楽しそうにしている。瑠璃は口を尖らせてから、なるべく急いで食べた。

意外にもお腹がいっぱいになってしまい、片付けをしてしばらくしても動きが鈍くなる。おまけに、外の寒さに反比例して、室内にたかれたストーブは暖かい。心地よくて、ついつい眠気をもよおしてしまった。

「先生、珈琲《コーヒー》でも飲みませんか?」

「ああ、もらおう」

『よおそんなまっずいもん飲めるなあ。茶色くて苦いだけやないの』

桔梗が嫌そうに会話に入ってきた。珈琲《コーヒー》が嫌いなのか訊ねると、あちこちからブーイングが聞こえてくる。

『そんなもん私らもののけは飲めへん』

桔梗に対してすかさずフクが反論した。

『嘘や嘘。わしは飲めるさかい、この家のもののけ連中がお子様なだけや』

「へえ、味の好みがあるんだね」

新しい発見だったので龍玄に伝えると、面白そうに桔梗やら床に転がっているもののけ達の観察を始める。

瑠璃はピンとひらめいて、棚の奥からおままごとに使う小さな茶器のセットを持ってきた。

「……そんなもの、どこから出てきたんだ？」

「お掃除していたら見つけたんです。前に住んでいた方のものですかね。可愛いので取っておきました」

瑠璃は落としたての珈琲《コーヒー》を龍玄に渡してから、自分のマグカップと持ってきた小さな茶器達にも珈琲《コーヒー》を数滴落とす。

「フク、これなら飲める？」

瑠璃には見えないが、フクは瑠璃の肩から下りてきて机の上に置いた珈琲《コーヒー》に口をつけたようだ。その様子を龍玄はまじまじと見ていて、そして数秒後に笑い始める。

龍玄の笑い声と同時に、瑠璃にはフクの『美味《うま》い美味《うま》い』という声と、桔梗の『苦い！　苦すぎるっ！』という声が聞こえてきた。

『あかん、あかん！　これは飲み物やない！』

『なにを言うとんのや、こんな美味《うま》いもん……おお、目が冴えてきよったぞ！』

桔梗だけでなく、家中のもののけ達も来て飲んでいるのか、龍玄はおかしそうに笑いっぱなしで、しまいには目に涙を溜めていた。

「先生、もののけ達は、どんな感じになっていますか？」

瑠璃がたまらず聞くが、龍玄はくつくつと笑い続けている。瑠璃は身を乗り出して龍玄の着物の裾を引っ張った。

「先生ってば、教えてくださいよ。私には、もののけ達の悶絶している唸り声だけが聞こえてるんです」

「言葉にしにくいな、なんというか……フク以外はのたうち回っている」

「えっ！　そんなに不味《まず》いかな？」

淹《い》れた珈琲《コーヒー》がいけなかったのかと思って一口飲んでみたが、普通の味だった。

龍玄は見えなくてしどろもどろしている瑠璃の姿を、ずいぶんと楽しんでいた。瑠璃が膨れると、やっと部屋から紙を持ってきてもののけ達の様子を描き始める。

ひどい顔をしたり、舌をべろんと出して伸びたりしているもののけ達の姿が、たちまち白い画面に現れる。龍玄いわく、のたうち回った挙句パタンと倒れた者もいるらしい。

その姿も描いてもらったのだが、あまりにもひどい倒れ方をしているので、くすくす笑ってしまった。

散々笑い合いながら、もののけ達の声とともに大晦日《おおみそか》の夜は更けていく。

ちなみに、これを機に、この家では珈琲《コーヒー》のことを『もののけの嫌いなお茶』と称するようになったのだった——

さて、珈琲《コーヒー》の一件が面白くてずいぶん遅くなってしまったのだが、これから初詣に向かう予定だ。

もののけ達は、経を聞くと身体が尋常じゃないくらいに痒《かゆ》くなるという理由で留守番に徹するという。

「——先生、お待たせしました」

瑠璃がキッチンに行くと、すでに準備を終えた龍玄が立っていた。

いつもの着流し姿に長いコートとマフラー、頭に乗せた帽子で完全防寒をしている。

瑠璃もロングコートを手に持って、首が見えないくらいにマフラーを巻いた。

「忘れ物はないか？　じゃあ行こう」

すでに外は真っ暗闇に包まれており、もうすぐ新年を迎えるというワクワクと、今年が終わるというしんみりとした空気が混じる。玄関に立って、瑠璃はぽつりと呟いた。

「こうして、二人でお出かけするのは初めてですね」

「言われてみれば……そうだな」

「先生も運動不足になっちゃいますよ。お庭の散歩もいいですけど、たまには外も歩かないと」

「吸血鬼だから陽の光が苦手なんだ」

「……先生が言うと冗談っぽく聞こえませんからね」

龍玄の発言に、もののけもいるのだから吸血鬼もいるのかもしれない、と瑠璃は思ってしまった。

しかし、瑠璃の考えていることを見抜いた龍玄が「吸血鬼は見たことないからな」と釘を刺す。そんな他愛のないやり取りが嬉しくて微笑む。

一歩外に踏み出すと、外は肺が凍るように寒かった。

古都の冬の夜はとんでもないくらいに冷えており、いくら防寒しても足りない。

手指が冷えるのでぐーぱーと指を動かしながら歩いていると、龍玄が瑠璃の動きに気がついたようで、怪訝そうな顔で首をかしげた。

「……忘れ物はないと確認したと思ったが……手袋を忘れたのか？」

「ばれましたか。このコート、右にはポッケがついているんですけど、左にはなくて」

するると、龍玄はため息を吐くなり、近くにあった自販機で温かい飲み物を購入した。

「ポケットに入れておけ。少しは違うだろう」

「あ、ありがとうございます……！」

龍玄は続けて、瑠璃の冷えきった左手を掴む。

「こんなに冷やしたら身体に良くない。戻るか？」

「いいです。除夜の鐘に遅れちゃうし……」

「じゃあこの中に入ってなさい。少しはましだろう」

握った瑠璃の手を、自身の着ているコートのポケットへ入れた。龍玄の手もポケットの中も温かく、まるで全身の寒さが和《やわ》らいだように感じられる。

「ありがとうございます……ドジですみません。ポケットお邪魔しますね」

構わないよ、と困ったような優しい笑顔で龍玄が笑う。雪こそ降らないものの、冷え込んだ地面からの寒気は身体の芯から熱を奪っていく。

繋いだままになっている手の優しさに瑠璃は喜んでいたのだが、龍玄と手を繋いでいる状況だと冷静になって気がつく。

あこがれの人に触れていることに胸がドキドキしてしまったところで、道のあちこちに屋台の光が灯《とも》っているのが見えてきた。そして、鐘の音が聞こえ始める。

「始まっちゃいましたね」

「もう整理券はなさそうだが、見に行くか？」

「はい！」

龍玄の言うとおり、とっくに鐘つきの整理券は配布終了となっていたが、それがなくとも鐘の近くまで行ける。大勢の人だかりができているところに向かうと、心臓を揺さぶるような荘厳な鐘の音が響いてきた。

「お祭りみたいですね！」

「年末年始はこんな感じだと話に聞いていたけれど……すごい人だな」

「私は大晦日《おおみそか》にお出かけするの初めてで、すごくワクワクします。先生は、嫌でしたか？」

「いや……喜んでいる君を見られて良かったと思う」

龍玄の横顔が、燃やされた松明に浮かび上がって美しかった。

「先生、本当にありがとうございました。私、先生に助けてもらっていなかったら、今頃どうしていただろう……」

「そうだな。今頃は忘れた手袋を取りに帰って、慌てている間に新年が始まっているかもしれない」

「もう、からかわないでくださいよ」

急に掴まれた左手から伝わる温もりを意識してしまい、瑠璃は龍玄に心臓の音が聞こえないか心配になる。

「べつに助けてなんかいないさ。お互い様だ」

「龍玄先生、今年は、いい年でしたか？」

「ああ、そうだな……いい年で終われそうだ」

「良かったです。私も、色々あったけど、今思えばすごくいい年でした」

誰かがカウントダウンを唱え、耳を澄ましていると鐘の音とともに新しい年が始まった。

どこからともなく沸き起こる拍手。瑠璃も加わろうとポケットから手を出したところで、素早く右手も龍玄に掴まれた。

温かくて大きな龍玄の手のひらに、瑠璃が叩こうとして出した両手はすっぽりとおさまってしまう。

「先生？　あの……」

「瑠璃、今年もよろしく頼む」

「こちらこそ、どうぞよろしくお願いします」

深々と頭を下げると、龍玄が微笑んだ気配がした。

「じゃあ、神社の初詣にでも行くか」

「はい。おみくじ引きましょう、せっかくなので」

いつもは引かないというおみくじを引き、瑠璃は小吉、龍玄は中吉だった。

「なんだこの絶妙にリアクションを取りにくい感じは……しかも二人して」

「私達らしくていいじゃないですか」

「まあ、下手に大吉よりかはいいか」

神社で参拝をして、甘酒をもらってから帰宅する。

また明日の朝からこの家で新しい年を迎えられるのかと思うと、嬉しくて瑠璃はしばらく寝つけなかった。

「今年も、いい年にしよう」

『おう、よろしくな』

『よろしゅう頼んますわ』

「桔梗もフクもみんなも……あけましておめでとう。今年もよろしくお願いします」

しばらくみんなでおしゃべりを楽しんでから、瑠璃が部屋の電気を消したのは日の出が近い時刻だった。

みんな寝てしまったのか、しんと静かな部屋で一人、瑠璃は布団に入って左手を出す。

外にいる間龍玄がずっと握っていてくれた手の温もりを思い出すと、胸がドキドキした。

第五章

お正月はのんびり、というわけにはいかなかった。さすがに元日と二日はゆっくり過ごしたのだが、一月三日にもなるともののけ達の引越しのことが気になった。

結局、二人ともお正月特番よりもののけ達の方が気になってしまった。早く作品を完成させようと思い立ち、絵と向き合うために瑠璃は龍玄の作業部屋に入った。

始めようと言うなり、すでにドーサ引きを終えた画面に、龍玄の墨の線が描き込まれていく。

驚くべきことに、龍玄は草稿を転写することなく画面に筆を走らせてしまう。

固唾《かたず》をのんで瑠璃が見守る中、魔法のように紡ぎ出された下絵はそのままでも絵画として立派に成り立つほど美しかった。

そうして数日は制作部屋に半日以上こもりながら、龍玄にもののけ達からの追加の要望を伝えつつ微調整した。

龍玄の描いた下絵に従って瑠璃が墨で濃淡を入れ調子を定め、その間に龍玄は次の画面の下絵を済ませる。といった順番で作業を進めていく手はずだ。

全六巻を予定しており、作業を分担することとなったわけだが、楽しんで作業することを心がけようと龍玄と瑠璃は約束し合った。

（楽しむと約束したのはいいけれど……）

それでも龍玄の作品として描くのだから、瑠璃が緊張しないわけがなかった。いつも以上に身体が固くなり、集中力がもたない。

瑠璃が描く墨の濃淡は、龍玄が上から色を入れたら消えてしまう。墨の色はほとんど見えなくなるとわかっていても、恐ろしくて手が震えた。

やっと多少の筆を入れて画面を整え終えると、龍玄を呼ぶ。自身が描いた部分をチェックしてもらうこの時が、今まで生きてきた人生の中で一番緊張したと言っても過言ではなかった。

「もう少し、自分の癖を出してもいいぞ。緊張で墨がこわばっている……彼らの住まいなんだから、のびのび描かないとだろう？」

（のびのび……のびのびって、どういうのだろう……？）

龍玄の指示はおおむねざっくりしており、特に細かくこうしてほしいと指定してくることはない。

どちらかというと瑠璃を励ます方が多い。

そもそもこの絵を描く目的は、もののけ達を引っ越しさせることなのだ。すぐに展覧会に出品したり売ったりするわけではないため、龍玄はもっと気軽に描いていいと瑠璃に声をかけ続けた。

しかし、いずれは人の手に渡るかもしれないと思うと、緊張してしまう。

「頑張らなくちゃ、みんなのためにも……」

龍玄が描く姿が隣にあると、瑠璃の手はぶるぶる震えた。

とんでもない画家が目の前にいることを再認識していた。一緒に絵を描くなどという大それたことをしていいのかと、不安に押しつぶされそうになる。

「頑張れ、私……頑張れ……震えるな」

呼吸を整え、下絵に細筆を走らせる。しかしすぐに線がガタガタしてしまって、身体を離した。

(どうしよう……これじゃ、いつまでたっても終わらない)

逃げるのか、と父に言われた言葉が頭をよぎる。

ここでできないとは言いたくないが、瑠璃は逃げ出したい気持ちを押し殺していた。

元々、瑠璃の絵は几帳面な線を用いた精密画に近く、もののけ達がその絵の中で住むとして、そこでリラックスできるとはあまり思えなかった。だからせめてどうしたら心地好くもののけ達が過ごせるかのみを考えることにしている。

だが、いくらゆっくりでのびのびでいいと言われようと、筆を持つ手が自分のものではないような気持ちになる。左手で押さえつけても動きがおかしくなり、いつも喉がカラカラになって呼吸が張りつくようだ。

確実に後世に残る画家である龍玄の作品に、墨入れであろうと手を入れるというのは、勇気と精神力がいる。

「めげるな、頑張れ……私、頑張れ……」

ここで逃げずに頑張れば、もっと家族にも認めてもらえるだろうか。努力したことを形で証明できたら、安心してもらえるだろうか……

きりきりと胃さえ痛みそうなほどの緊張でいると、温かな声が頭の上から降り注いだ。

『瑠璃、大丈夫や。息吸って、吐いて。そう、瑠璃はもともとできる子やで、わしが証明する。ずっと見てきたからな、瑠璃の努力する姿を』

いつものように励ましてくれるフクの声が聞こえてきて、瑠璃は手を止めた。

「フク……私すごく不安なの。家族のことも頭にちらついて、集中できなくて」

『大丈夫やって。この間、桃子から大丈夫って連絡きとったやろ』

瑠璃がいきなり大晦日《おおみそか》に姿をくらませたことについて、桃子は両親にうまく話をしてくれたようだ。

『おかんも瑠璃の味方するって言っとったやないの。せやから、安心しぃ』

「うん、頑張る」

『言葉にしないだけで、おかんも桃子もおやじさんも、瑠璃のことを応援しとんのや』

それは、ずっと前から、瑠璃の側に居てくれたフクだからこその言葉と優しさだ。

「ありがとう……頑張るから、待っていてね」

『大丈夫や、ほら、肩の力抜いて……瑠璃、わしを見ろ！』

言われて瑠璃は辺りをきょろきょろ見回す。もちろん、フクが見えるわけではないが、声の調子からして画面の上にいることがわかった。

『ほれよっと、ほら……よいしょっと！』

いつもと違う息遣いとこぶしの利いた声に、おかしな格好をして笑わせようとしてくれているというのを肌で感じ取る。

「ねえフク……そこに、居てくれるの？」

『ああ。いつでも居るで、わしらは。いつでも人間の近くに居るんやで』

「ありがとう。本当に」

もう一度集中して筆を画面に走らせると、先ほどよりもうまくできた。

するとそれを喜ぶようなもののけ達の『声』がきゃらきゃらと聞こえてきて、瑠璃はいったん筆を休める。集中と恐怖によって、額に冷や汗をびっしりかいていた。

額の汗をぬぐうと深呼吸をする。

大丈夫、できないなら筆に乗ってあげる、ちょっとくらい線がずれたっていいよ、と励ます声があちこちから聞こえてきた。

「もっとのびのびと……あなた達が、窮屈じゃないように描きたいの」

『そう思うんやったら、思い切り描いたらええねん。間違いなんてないし、もし違うって龍玄に言われたら、私らが龍玄の頭引っ叩いたるさかい、安心しぃ』

桔梗が大声で言い張り、フクも頷いた。

『そもそも、瑠璃に半分任せたのやから、その責任は先生にあんねん』

『せやで、瑠璃が思うようにやったらええ。私らは、私らを想ってくれてる気持ちだけで十分や。ありがとうな、瑠璃』

ありがとうとたくさん聞こえてくると、瑠璃の身体に力が湧き上がってくる。

「ありがとう、フク、桔梗……それからみんなも。こんなに騒がしいってことは、ここにいっぱい来てくれているんだよね？」

瑠璃とものの会話に気がついた龍玄が、横から視線を投げかけてきた。

「……瑠璃、どうしたそんなにもののけの山を作って……巻物の上に」

「えっ……や、山ですか⁉」

龍玄は困ったと面白いが半分ずつの顔をしている。

「ああ、こんもりと山になっている」

「わ、わ……下の子潰れちゃうよ、みんな解散！」

瑠璃が慌てると、『声』達が散り散りになっていく。フクと桔梗だけは残って、瑠璃の監督を始めた。

しかし、いまだにフクのおかしな声が聞こえてくる。たまらずフクはどうしているのかを龍玄に訊ねると、画面の上を見て呆れていた。

「……おかしな動きでぴょこぴょこ跳ねている。言っておくが、人間にはまねできない動きだから、俺に同じことをしろと言われても困るからな」

『これができるようになったら、先生は人間辞めたっちゅう話やな』

一体どんな動きをしているのだろうと思うと同時に、瑠璃はフクの励ましダンスを想像して脱力した。

「あはは、……うん、よしっ！」

筆を握りしめると、今度は震えなかった。

引き続き緊張しているものの、先ほどとは比べ物にならないくらい心が穏やかになっている。

筆を滑らせると、魔法がかかったようにするすると線が動き出した。

（――これが龍玄先生の描く線、描く世界！）

面白さに、瑠璃は一瞬で夢中になった。

濃淡を入れているだけなのに、龍玄が見ているものを共有できているような錯覚に陥る。いつの間にか龍玄の世界に引き込まれていて、瑠璃の胸がいっぱいになる。

（すごい、こんなに優しくて温かい世界があるなんて……）

自分が画面の中の世界に入り込んでしまったようだ。その感覚は、ただ作品を見ているだけでは到達できなかった極地だった。

瑠璃が生き生きと筆を走らせている姿を見て、龍玄はホッと目をつぶった。

ずっといろいろなことに悩んで悩み疲れて、震えて緊張していた彼女が、やっと自由を手に入れた瞬間だった。

「そのまま描き続けてくれ、瑠璃——この世界はきっと、優しい君に優しくしてくれるはずだ」

気がつくと、あちこちからもののけ達が覗きに来ていた。心配そうに見守っていただけの彼らだが、瑠璃が吹っ切れると同時に、彼女の背中にこんもりもののけの山ができあがっている。

そんな制作風景に、龍玄は思わず心の底から嬉しくなったのだった。

＊

一つのことを極めるというのは、並大抵の精神力では叶わない。

深い意力とそこに至るまでの忍耐、執念に近いものがなければ、一生のうちなにかに到達するということはできないのだろう。

「……できた……‼」

瑠璃が、龍玄が描いた下絵すべてに墨を入れる作業を終えたのは、年が明けてすでに一月も終わろうとしている時だった。

家事に加えての作業だったため、作業のペースは遅かったのだが龍玄は一言も文句を言わなかった。

瑠璃が下絵と格闘している間、龍玄は瑠璃の入れた墨の下絵に、さらに必要な絵の具を加えていく。背景はさっぱりと、もののけ達は重点的に彩色を施す準備が整い、より一層画面に深みが生まれ始めていた。

まだまだ、岩絵の具を溶いた皿の数は少ない。これからその数は増え続け、龍玄が作品として納得できる形になるまではもう少し時間がかかりそうだった。

そして絵が出来上がったら、今度は巻物にしなくてはならない。それは専門の表具師に頼み、仕上げてもらって、やっと作品の完成ということになる。

瑠璃も毎日作業部屋に入りっぱなしで、急ピッチで作業は進められていた。急がなければ、原画販売の期限があと二ヶ月に迫ってきているのだ。

それまでになんとしても完成させて、もののけ達に引っ越ししてもらわなくてはならない。

「先生、間に合いますかね……。私が遅くて、申し訳ないです」

「間に合わせるさ。俺がどうにかすると最初に言ったはずだ」

返答は心強く、瑠璃は込み上げてくるものがある。

龍玄は、瑠璃にいつも安心をくれる。人を観察し、相手の気持ちを感じ取る能力に長《た》けていた。

それは一見素晴らしいことのように思われがちだが、ずっとものの けを目に映してきた代償とも言えた。

龍玄にとって、残酷なことだと瑠璃は思う。それだけ敏感であるからこそ、彼はあまり外を出歩きたがらなかった。

たまに気分転換に神社を散歩するが、人気《ひとけ》の少ないところを龍玄は好んだ。森の中で深く瞑想しているのを、瑠璃はいつも遠くから見るにとどまっていた。

(不思議な人ね、龍玄先生は……)

飄々《ひょうひょう》としているように見えるが、実際には繊細な人だった。そして、瑠璃が思っていた以上に人間嫌いだ。芸術家が人間好きか人間嫌いに分かれるのであれば、龍玄は後者だ。

(そんな人と一緒に暮らしていて、心地よく思うというのは、私も人間嫌いなのかも……)

茶を一口飲んでから瑠璃はせんべいを口に含んだ。今は、縁側で一服している最中だった。

「そういえば、豆まきってしますか?」

「ん、節分の話か？　たしかに近いな」

「鬼は外、福は内って言いますけど……もののけ達は鬼に入るのかしら？」

龍玄はこの家に来てから豆まきをしたことがないとぼやき、瑠璃は桔梗を呼んだ。

『豆撒《ま》いてええで。というか撒《ま》き。行事というのは、それをすることに意味があるんやから』

「意味？」

『節分はちょうど冬と春の境目。古来より邪鬼《じゃき》が湧きやすいとされてな、それが疫病や流行り病《やまい》の大元だと言われていたんや。それらを退散させること、そして自分自身の身体をいたわり、大事にすることが目的や』

「そうだったんだ。私、なにも知らずに豆をただ撒《ま》いてた」

龍玄に伝えると、桔梗が大丈夫と言うなら撒《ま》いたらいいと承諾したので、瑠璃は今から近くのスーパーで節分用の豆を買いに行こうと決意した。

「先生、鬼のお面付けますよね？」

「それはしないぞ」

「しましょう。お面がついているのが売っていたから、今から購入してきます！」

「あ、おい、瑠璃！」

瑠璃は龍玄が止めるのも聞かずに、がま口の中の小銭をじゃらじゃら鳴らしながら家を出た。節分の特設コーナーで鬼のお面がついているものを探し、赤い面と青い面を選ぶ。

ウキウキしながら家に帰ると、龍玄が口をへの字に曲げていた。お面をかざして瑠璃が顔を覗かせると、まあいいかと苦笑いをされた。

「先生、豆撒《ま》き勝負ですよ」

「俺の勝ちだな」

「まだ、勝負していないじゃないですか」

「いいや、決まっている。雇用主に豆を投げつけられるのか？」

「大丈夫ですよ、先生だってお手伝いさんに豆投げられますか？　お食事が貧相なものになるかもしれませんよ？」

瑠璃がしれっと答えると龍玄は表情を渋らせる。

「……なんてことはしませんから、普通に豆まきしましょう」

「庭と家の中だけだ、人に投げるのは良くない……もののけならいいが」

龍玄が誰かを摘《つま》みあげたようで、瑠璃の耳に『げ、わしはやだ、やだぞ痛いの！』と喚く声が聞こえてきた。

龍玄は何人か捕まえて持ち上げじろじろと睨みつけており、もののけ達が『くわばらくわばら』と言いながら逃げ去る様子が感じられる。

『龍玄が鬼でええわ。怖い顔しとるしな』

『そうやなあ、お面をかぶらなくとも先生は元が鬼みたいな顔や』

桔梗とフクが保れたように会話をしていた。

「先生、みんな嫌がっています……あと、先生がお面をつけなくても鬼みたいだから、先生の鬼役が適切だという意見が……」

それに龍玄はふんと鼻を鳴らして不機嫌な顔をすると、持ち上げていたもののけをきっちり床に戻した。

「誰が鬼だまったく。どいつもこいつも、ろくなこと言わないな」

怒った顔がまさしく鬼だと桔梗がツッコみ、瑠璃もものの け達も笑い転げてしまう。

結局、渋々鬼の面を斜めにつけた龍玄と、家と庭にたくさん豆を撒《ま》くことになったのだった。

——そうして流れるように日々が過ぎて、春の気配とともに桜のつぼみが膨らんでくる頃になると、作品の完成が目に見えてきた。

龍玄は部屋にこもりっぱなしで作業を続ける日が多くなり、瑠璃が見かねて庭の散歩に誘わなければ、部屋から一歩も出ないことになる始末だ。

集中すると周りが見えなくなるというのは瑠璃もよくわかっていたのだが、龍玄の場合は睡眠さえも忘れてしまいかねない勢いだった。

さすがに体調を崩さないか心配になったが、邪魔をしたくもない。

瑠璃は冷や冷やしながら龍玄を見守り、作品を手伝う生活となった。

そんなある日、龍玄が絵筆を置いて、お茶に手を伸ばした瞬間を目撃した。

縁側にいた瑠璃は、その隙をついて龍玄の手を取った。

ずっと絵ばかり見つめていたのだろう、龍玄が瑠璃を見て目をしばたたかせる。

「先生、たまにはお外歩かないと。かわいい鹿さんもたくさんいますよ？」

瑠璃に部屋から引っ張り出された龍玄は、多少不機嫌な様子だったが怒ってはいないようだ。

「鹿なんか一年中その辺にいるだろう。下手すると家の中にまでいるじゃないか」

以前、がさごそと庭から音がするので見に行ってみると、庭で鹿達が草を食べたり寝そべっていたりしたことがある。

慌てふためいて龍玄を呼ぶと、裏門が閉まっておらずそこから侵入したことが判明した。急いで鹿せんべいを囮《おとり》にして家から去ってもらったのだが、その印象がずいぶん強かったのだろう。

瑠璃は慌てて手を振った。

「あれはまあ、私の不注意で。鹿せんべいをあげに行くくらいいいじゃないですか、公園まで近いんですし」

「瑠璃が行きたいだけだろう？」

図星をつかれて、瑠璃はうっと言葉を詰まらせた。

こもりっぱなしの龍玄が気がかりで、瑠璃はここ最近買い物以外に外を出歩いていない。

制作の邪魔をしたくなかったのでそれで良かったのだが、春の空気を吸いに二人で出かけたい気持ちがあった。

「……ばれましたか。もうあとは表具師さんに預けるだけに近いですし、たまには息抜きに行きませんか？」

「仕方がない。行かないで機嫌を損ねられて、夕飯をめざし一本にされてもかなわないしな」

なんだかんだと龍玄は優しい。

肯定の言葉に「コートを着てきますね」と瑠璃は喜んで自室へ駆け出す。喜んでいる瑠璃の後ろ姿を見送ってから大きく伸びをし、龍玄も出かけるのに上着を取りに戻った。

日中は暖かさが増してきたものの、日陰はまだ冬がかなり残っているのだ。

「今日こそは、鹿せんべいを持って逃げるなよ？」

歩き始めてすぐ、龍玄が瑠璃をからかった。

鹿せんべいを持ってうろうろしていたら、あっという間に鹿に囲まれてしまう。それはこの界隈で言わずもがな知れわたっている掟《おきて》なのだが、瑠璃はいまだに慣れておらず、毎回鹿に囲まれてしまいあちこち服を齧《かじ》りつかれるのだ。

見かねた龍玄が助け船を出さなければ、鹿団子になっているか、鋭い角で頭突きをされて負傷してしまいそうになることすらある。

「わかっています。任せてください」

「と言って、毎回ぐずぐずしているか、あっという間に鹿せんべいを食べられて、情けない顔をするのはどこの瑠璃かな？」

「……先生、からかっていますね。今日こそは見事に鹿さばきをお見せしますから、ご安心ください」

龍玄はくすくす笑いながら期待しているよと口元を緩ませていたが、微塵《みじん》も期待していないのが見て取れた。

毎日が穏やかで、瑠璃は呼吸がしやすい。

家族ともなんとなく打ち解けて、休みの日になると電話でたくさん話すようになっていた。桃子とも、週に二、三回はやり取りをかわす。

今までのただただ慌ただしくて呼吸も忘れるほどの日々が、幻想だったのではないかと思うくらい、毎日優しさに溢れすぎる時間を愛おしく感じる。

「――あれ、先生に、瑠璃ちゃんじゃないですか！」

瑠璃と龍玄が並んで歩いていると、道の向こうから長谷がやってきた。嬉しそうに手を大きく振る姿からは、やる気が満ち溢れている。

「ちょうど向かおうと思っていたんですよ。お出かけですか？」

「ええ、ちょっとそこまで……鹿を見たいと先生がおっしゃるものだから」

瑠璃が冗談めかして言うと、コツンと頭に手が置かれる。

「あのなあ……まあいい。ところでなんの用だ？」

「先生、瑠璃ちゃんには優しいのに、俺にはつれないですね……まあいいですけど。作品集の見本ができたんで持ってきたんです。展覧会兼販売会まで、一ヶ月ちょっとですからね」

「問題ない。まずは二十点。長谷にすべて任せるから」

長谷は目をキラキラさせた。

「任せてください。絶対に素晴らしい展覧会にしてみせますからね！　すでに特別チケットははけていますし、開始前から大盛り上がりですよ」

メディアも取材したいと言っているらしく、それに対して龍玄は渋っていたのだが、長谷の熱意ある説得によって許可されたらしい。

長谷はとにかく張り切った様子で、手をぶんぶん振っている。

「おそらくすべての作品に買い手がつきます。作品集の仕上がりをチェックしていただいて、修正があれば連絡ください」

「わかった」

「あとは当日までにちょっとその伸びた髪は……まあいっか、後ろで束ねていれば。先生はお顔も大変人気ですからね、小ぎれいにしておいてくださいね」

「やかましいなまったく」

龍玄は眉をひそめたが、長谷はそんなことはお構いなしに話し続ける。

「お手入れしない男子は最近ではモテませんよ。まあ先生の顔面と身長ならモテますけど、一般論です一般論」

「うるさいわかった。瑠璃に任せておくから当日俺が汚なかったら瑠璃の責任だ」

「ええっ⁉」

前置きもなしに話を振られた挙句、無茶なことを言われて、瑠璃は文字通り飛び上がった。

「そんな、先生それは無茶ですよ……」

「わ、瑠璃ちゃんに任せるなら安心だ！　頼むよ瑠璃ちゃん」

長谷が瑠璃の手を握ろうとしたのを、龍玄が瑠璃を後ろにひょいと引っ張って阻止する。

「専属スタイリストだからな、丁重に扱え」

長谷はにやにやと意地悪く笑う龍玄を見て、なんともいえない笑顔になった。

「わかりましたよ。ではまた連絡ください。気をつけて出かけてくださいね」

「え、ちょっと長谷さん、先生をきれいにするなんて私には無理――」

「平気平気！　瑠璃ちゃんが選んだなら、先生はなんでも大喜びで着てくれるよ！」

訳のわからない言葉とともに瑠璃の意見は聞き流されてしまう。長谷は大きく手を振りながら去って行ってしまった。

まるで豆台風のような長谷の騒がしさに呆然としながら、瑠璃は龍玄を恨みがましく見上げた。

「俺は鹿を見に行きたいなんて言ってないからな。仕返しだ」

「そんな仕返し、聞いたことありませんよ……」

龍玄は上機嫌に瑠璃の頭をポンポン撫でると、ゆっくり公園に向かって歩き出す。

そもそも顔の整っている龍玄を、どうすればさらにきれいにできるだろうか。

困ったなと思いつつ、髪を縛っておけばどうにかなるだろうと思案し、瑠璃はすぐに龍玄のあとを追いかけた。

それから一週間と待たず、龍玄は絵を完成させたのだった——

暦は四月の中旬、展覧会まであと七日と迫っている。

その日、表具師に依頼していたもののけ達の引っ越し先の作品が戻ってきた。

しっかりとした木箱に入れられ絵巻物として完成した作品を、瑠璃と龍玄は作業部屋の和室で開封した。

「……良かった、間に合って……!!」

心底安心した瑠璃に、勝気な様子で龍玄が口元に弧を描く。

「どうにかすると言っただろう。お得意様ってことで納期を急いでもらったんだ」

龍玄が夜を徹する勢いで描いた作品は、三月が終わる前に描き終わっていた。それからすぐ仕立てに出したが、瑠璃は間に合わなかったらと冷や冷やしていたのだ。

「先生、開けましょうよ、ああでも、心臓がもたないかも……」

「なんだそれは。まあ、作品が出来上がる瞬間が、一番わくわくするな」

開けるぞと言って、巻物に仕上げてもらった作品を龍玄が広げていく。

瑠璃はドキドキして両手をぎゅっと握りしめていた。

「……これなら、もののけ達も文句ないだろう」

龍玄は目を優しく緩ませ、口の端にほんのりと穏やかな笑みを乗せた。言葉以上に、作品が上出来ということだ。

隣にいた瑠璃は思わず声が出るかと思いきや、逆に固まったままになってしまった。

「どうした瑠璃、気に入らないか？」

心配そうに覗き込まれて、瑠璃は首を横に振った。

「違うんです、先生……私、感動してしまって」

気がつくと、瑠璃の目からぽろぽろと涙が流れ出ていた。

目の前に次々と広げられた絵巻物達は、今までの龍玄の作品とはまた少し違う。

――そこには、もののけ達が楽しく過ごしている日常風景が広がっていた。

近くのショッピングモールや公園に行けば、彼らも人に混じって暮らしている……

そんなことが自然とわかるような、ぬくもりの溢れる絵だ。

「言葉にならないって、まさにこういうことなんですね……」

瑠璃は感動で視界が滲んだ。

絵に涙がつかないように一歩後ろに下がっていると、龍玄が次々と絵巻物を開いて出来上がりをチェックしていく。

もののけ達も集まってきているのか、あちこちからざわざわと『声』が聞こえてくる。初めは静かだったのだが、だんだん歓声になって部屋中が揺れるほど大騒ぎし始めた。

「先生、もののけ達も喜んでいます……歓声が沸き起こっていますよ」

「ああ、気に入ってくれたようだな。胴上げしていたり、踊りまくっているやつ、輪になって回っているやつもいるぞ……良かった」

龍玄は立って真上から作品の出来を見ていたのだが、見終わると瑠璃の前にやってきて両手を取った。

「君がいてくれなかったら、きっと終わらなかっただろう。この作品が作られなかったら、もののけ達も絶滅していたかもしれない」

真摯な眼差しでたいそうなことを言われ、瑠璃は一瞬ぽかんとしてしまった。

「そんな、大げさです。私はちょっとしか手伝ってなくて……」

「彼らは、きっと、いずれは消えていく存在なんだ。それは、彼ら自身が一番理解しているはずだ」

龍玄は一瞬もののけ達を見て、複雑な表情になった。

「時代の流れ、人の心の移り変わり、環境の変化……俺達だってついていくのにいっぱいな日々だ。その中で、俺と瑠璃がなしえたことは、奇跡だと言える」

「奇跡ですか？」

「きっと、彼らの絶滅を防いだんだよ、俺達は……。もしくは遅らせただけかもしれないが、偉業だと思う」

自分が行《おこな》った作業をそんな風に言ってもらえたことに、瑠璃は胸がはちきれそうになった。溢れ出してくる熱いものが止まらず、うつむきながら何度も頷く。

「瑠璃、ありがとう――」

思わず瑠璃は龍玄に抱きついた。

「先生、私は今とても嬉しくて……この気持ちを表せる言葉はないです」

龍玄は抱きつかれたことに驚いていたのだが、相好《そうごう》を崩したあと、恐る恐る瑠璃の背中に手を回して抱きしめた。

「良かった、瑠璃と一緒に作品が描けて」

瑠璃はしばらく龍玄に抱きついたまま泣き、涙が収まったあとに恥ずかしくてしどろもどろになって弁解しようとした。

「ごめんなさい、急に抱きついたりして‼」

「いいさ、別に。自分の好きなようにしていい。この家は、そういう場所だ」

瑠璃は身体中の血液が沸騰しかけるかのような感覚に陥《おちい》りながら、首を小刻みに縦に振った。

「さて、出来上がったのだから、引っ越しをしてもらわないとだな」

龍玄は宴会騒ぎを始めたというもののけを掴んで鬱陶《うっとう》しそうにし「いいよな、まったくお気楽で」と半眼でじっとり睨みつけていた。

『おおお、瑠璃、瑠璃！　これは素晴らしいなあ、早よ引っ越しせんとあかんやろ！』

突然耳に届いた桔梗の声は、興奮してわなわな震えている。

龍玄は瑠璃の頭に乗ってきた桔梗を見て、いつも紫色なのに興奮で赤っぽくなっているると腹を抱えて笑い始めた。

「そうだ。引っ越しってどうすればいいの？　私達、なにか手伝うことある？」

『そのままここに巻物を広げておいてくれるか？　荷物もまとまってるさかい、私らが納戸から移動するわ』

「わかった。お引っ越し気をつけてね」

桔梗が『ほな後でなぁ』と遠ざかっていく。

引っ越し先の完成を桔梗が家中のもののけ達に伝えるより先に、気が早いもののけはすでに我先にと引っ越しを始めているらしい。

龍玄は笑顔のまま、床に広げた巻物をじいっと見入っていた。

それからほどなくしてわいわいとした『声』が近づいてくる。聞けば、大名行列もびっくりするほどのもののけ達が現れたそうだ。納戸から龍玄の部屋まで、もののけ達の列は途切れることなく続いているのだという。

そして、引っ越しが終わったもののけから縁側で大宴会を始めたらしく、龍玄は呆れかえっていた。

龍玄はぶすっとしていたが、満足そうでもある。瑠璃は龍玄がじっと巻物や縁側を見る姿に、良かったなと心の底から温かい気持ちになった。

自分がこうして役に立てたことも、もののけ達のために頑張れたことも、すべてが自信に繋がっている――

「先生、引っ越しの様子はどうでしょう？」

「面白いな。風呂敷を担《かつ》いでるのもいれば、両手に酒瓶を抱え込んで移動してるのもいる。手ぶらで来てるのもいるし、見ていて飽きない」

もののけ達を想像しながら、瑠璃も微笑ましくなって絵をじっと見つめた。見えないが、画面が心なしかざわついているように感じられた。

『おお、完成したのか‼』

特段しゃがれた声がして、瑠璃はハッと辺りを見回す。龍玄に伝えると、掛け軸に住みついていたトカゲ爺《じい》さんが、廊下からこちらを覗き込んでいると教えてくれた。

「トカゲ爺《じい》さん、お待たせしました。こっちに引っ越してもらえますか？」

『もちろんや。待っておったからの、すぐに引っ越しするで』

「忘れ物がないようにしてくださいね」

声がふぉふぉふぉと笑いながら消えていく。『温泉の巻の近くがいい』と言っていたので、その巻を瑠璃も見つめた。温かな湯気の描かれた絵画の中のどこかに、トカゲ爺《じい》さんもいるのだろう。

やがてふくよかな声が瑠璃に聞こえてくる。

『ああ、極楽極楽……』

「極楽じゃなくて地獄谷ですけどね。良かったです、ゆっくり休んでください」

瑠璃と龍玄はそんな様子をしばらく見てから、昼食にすることにした。

「次はいよいよ展覧会ですね……まずはエキシビション、それから展覧会が始まって……ああ、なんだか私までワクワクします」

巻物が出来上がった喜びに、瑠璃はいつもよりも饒舌《じょうぜつ》になっていた。

機嫌よくチャーハンの材料を炒《いた》め、そしてはたと手を止める。

瑠璃は、長谷と交わした『展覧会当日までに龍玄をきれいにしておく』という約束を思い出していた。

椅子に座ってホッとした様子の龍玄に向き直ると、瑠璃は腰に手を当てた。

「先生、お髭《ひげ》剃ってくださいね。あと、お召し物はどうするのでしょう？」

伸びた髪の毛は、今から切りに行くのには時間がない。しかし、後ろで括《くく》ってしまえば、龍玄は元々が美形なので逆にさまになる。髭《ひげ》は剃ってもらうとして、残るは服装だった。

「ああ、長谷が言っていたあれか。まあ、いつもの感じでいいだろう」

「そうですけど、余所行き用のお着物でお願いしますね。作務衣《さむえ》じゃだめですよ」

龍玄は目をしばたたかせたあとに、くつくつと笑いをこらえ始める。

「なにかおかしなこと言っちゃいました?」

「……いや。瑠璃が言うと、まるで小姑《こじゅうと》みたいだなと思ってな」

瑠璃は口を尖らせると、フライパンを揺すった。

「じゃあ小姑《こじゅうと》らしく言わせてもらいますけど、きれいなお着物でしゃんとして行ってください。羽織も忘れず、懐紙もお持ちになって、あとお扇子もさしてくださいよ」

嫌味たっぷりに言うと、龍玄は声を上げて笑った。

「わかったわかった。ところで小姑《こじゅうと》瑠璃さん、貝の口を頼めるかい?」

「いいですよ。もはや、私がお着物と帯を選びたい気分です……」

ため息を吐きながらスープの味見をして、瑠璃はよし、と頷く。

「そうだな、せっかくだから瑠璃に選んでもらおうか」

「冗談ですから! 先生がご自身で選んでください」

「たまにはいいだろう?」

「たまにはって、そんな大事な時のお着物を選べるほど、私は偉くありません」

しかし瑠璃の言い分は聞き入れられなかったようだ。食べ終わったら部屋に来るように言われてしまい、渋々頷いた。

「ちなみに瑠璃はなにを着ていくんだ?」

「……私ですか?」

いただきますと手を合わせてすぐ、龍玄が熱いチャーハンを冷ましながら瑠璃に訊ねてくる。

「君以外に、この部屋には俺と会話できる人はいない」

「私はお留守番の予定ですけど」

なにを言っているんだと言わんばかりに、龍玄が片方の眉を持ち上げた。

「一緒に行かなくてどうする。控室《ひかえしつ》にいてくれ。荷物も多い」

「荷物持ちなら、動きやすい洋装にします。たしかに、先生は忘れ物も多いですし、言われてみたら心配になってきました」

瑠璃はチャーハンを頬張って、熱くて目をつぶった。

そんな瑠璃を見て龍玄が嬉しそうにしているのに気がついて、首をかしげる。

「良かったよ。この家に来た時は食べ物だってあまり食べなかった上に、今にも死にそうな顔をしていたが……今じゃ俺より食べている」

「……これだけ大きいお屋敷なので、お掃除とかけっこう動くんです。万歩計をつけてみたことがあるんですけど、家の中だけで一万歩を超えていて驚きました」

照れ隠しで畳みかけるように答えてから、瑠璃は一度レンゲを置いた。

「先生、色々とありがとうございます……その、私のこと、面倒見てくれて」

なにもしていないさ、と龍玄は涼しい顔をしていた。

「人は、自分自身で勝手に立ち直っていくものだよ。それが、人の持つ強さだ」

瑠璃は龍玄の言葉を噛みしめた。

あとどれくらい、龍玄と一緒にご飯を食べられるだろう。

いずれ訪れるであろう別れを思うと、瑠璃は胸が締めつけられそうになって慌ててその考えを追い払った。

時が二人を分かつまで、目の前にいる心優しいもののけ画家と一緒にいよう。

瑠璃はそう思いつつ、昼食をきちんと完食した。

＊

「やっぱり、貝の口は自分では苦手だな……」

展覧会の当日、龍玄は瑠璃に帯を結んでもらいながら、思いきり大きなため息を吐いた。てきぱきと美しく畳まれていく帯の形には、瑠璃の気真面目さが反映されている。

「練習すれば、上手になりますよ。私だって、桃子——妹に付き合わされたから結べるようになったんですから」

「じゃあ俺が結べるようになるまで、瑠璃を練習に付き合わせることにしよう」

「……私が結びます」

「瑠璃がもし辞めてしまったらどうする？　みすぼらしい格好で人前に立つことになるが」

瑠璃は困ったように龍玄を見上げる。面白がっているのか、龍玄はいたずらっ子のように目をキラキラさせていた。

「辞めませんから、安心してください」

「ああ、君が側にいてくれないと困る……うん、きれいに結べているな」

龍玄が上から帯の形を見て満足そうに頷き、くるりと後ろに回した。

「先生、懐紙持ちましたか？　あとお扇子、それからハンカチと……お財布は私が預かりますね」

「忘れ物はない……はずだ」

微妙なニュアンスの回答に、瑠璃は家を出る前にもう一度龍玄の持ち物をチェックした。

引っ越しを終えたもののけ達の絵巻物は、今は和室の床の間に積み上げて保管されている。

壁にかけておいたトカゲ爺《じい》さんの掛け軸は納戸へしまわれ、元々飾ってあった修理した掛け軸を壁に戻した。

「じゃあみんな、行ってきます」

瑠璃は家に向かって小さく手を振る。荷物を持って、家の前で待っていてもらったタクシーに乗り込んだ。龍玄が行き先を告げると、車はゆっくり走り出す。

いよいよ、原画販売も含まれる展覧会が始まる。

瑠璃の心臓はドキドキしっぱなしで、遠足前の小学生のようだ。

初めて長谷にエキシビションのチケットをもらって、龍玄の個展に行ったのがずいぶん昔のことのように感じられる。その時もワクワクして眠れなかった。

「先生、ドキドキしますね」

「ああ、まあ……そうだな」

『先生が緊張するわけないやろ。展覧会なんてお手の物やろうし、けっこうぼうっとしとるからな』

すかさず聞こえてきたフクの鋭い舌鋒《ぜっぽう》に瑠璃はくすくす笑い出してしまう。龍玄は、瑠璃の頭上にいるフクをじろりと半眼で睨んだ。

桔梗をはじめ、龍玄の家にいるもののけは基本的に外に出ないが、フクは瑠璃にくっついているのでこうして外へ出るのだ。

「また余計なこと言ってるんだろうな、フクのやつ……」

「先生はいつでもぼうっとしているそうです」

フクもよく家の中を見て回っているようだ。しかし、龍玄がぼうっとしていられるのは、神経質な彼がリラックスしている裏返しでもある。だから、龍玄がホッとできているのなら嬉しい。

『いつも忘れ物しよるし、家の中で急に立ち止まるし』

「まあ、忘れ物は私も人のこと言えないけど、急に立ち止まって考えこんでいることは多いよね……」

そこまで言って、ミラー越しに運転手が怪訝そうにしていることに気がつき、ハタと口を噤《つぐ》んだ。

「……先生、私、今日は大人しくしています」

「そうだな。いつもの通りでいると、変人確定だ」

恨みがましく龍玄を見ると、にやりと口元が笑っている。

「人前じゃだめだけどな、俺の前ならいつでも素のままでいていい」

「はい」

優しさにホッと一息ついていると、ギャラリーに到着した。

玄関前にいた長谷がすぐにタクシーに気がつき、駆け寄ってきて荷物を運ぶのを手伝ってくれる。

「良かった瑠璃ちゃん、先生きれいにまとめてくれて！」

長谷の嫌みのない率直な感想に、瑠璃は、あははと声を出して笑ってしまった。

「良かったです、先生。きれいって言ってもらえて、安心しました」

「それじゃあまるで、いつも俺が汚らしいみたいじゃないか」

「そうは思いませんしいつも素敵ですけど、今日はすごくきまっています」

龍玄は照れたのか、視線を逸らして息を吐いてから控室《ひかえしつ》に入る。

「見た目なんかどうでもいいのにな。大事なのは中身であって……」

「でも先生、外見は内面に通ずるものがあって……まあ、いいじゃないですか。せっかく先生は美しく生まれたんですから、着飾ったって誰も文句は言いませんよ」

困ったなと龍玄は頭をぽりぽり掻いているので、瑠璃はポットからお湯を出して茶を淹《い》れる。

「楽しみですね……たくさんの作品が、ご縁を結んでくれることでしょうね」

今日お披露目されるのは、後世にまで語り継がれるであろう作品の数々だ。

いずれは美術館に収蔵され、今世紀を彩る画家として、龍玄は歴史に名を刻むに違いない。

瑠璃はそんな人と一緒にいることが誇らしく、言葉にできない喜びを噛みしめていた。

時計を覗き込むと、開場まであと一時間を切っている。

壁に寄りかかりながら、窓の外を眺めている龍玄を見てから、瑠璃は荷物を手早く整理する。終わると、階下でせわしなくしている長谷に手伝うことがないか訊ねた。

「大丈夫だよ、先生の面倒見てあげて。瑠璃ちゃんも食べ物とか飲み物とか今日は好きに食べていいんだからね。遠慮はしないで」

長谷はそこまで一気に伝えると、龍玄がいないことを確かめてから瑠璃の手を握った。

「本当にありがとう。先生が原画を販売するって言ってくれるなんて思ってもみなかったよ。瑠璃ちゃんのおかげだと俺は思っている」

「そんなことありませんよ」

ものの怪が住みついていたので原画を売ることができなかったとは、口が裂けても言えない。

「そんなことあるよ、大ありだよ。先生の顔色も良くなったし、なによりも目つきが優しくなった。今も厳しい表情はするけど、以前とはちょっと様子が違うっていうか。とにかく、優しくなったんだよね、雰囲気が」

「それは良かったです。でも私は、本当になにも……」

「瑠璃ちゃんが来てから、先生は変わったんだよ。正直、お手伝いさんは今まで何人か雇ったことあるんだけど、みんな一日で辞めていたから」

初めて聞く話に瑠璃が驚いた顔をすると、「だってそれ知っていたら、先生の所で働こうなんて思わないでしょ？」とウインクされてしまった。

「とにかくありがとう。会期中は忙しいと思うけど、絶対に後悔はさせないよ。瑠璃ちゃんも応援してね」

長谷のやる気が伝わってきて、瑠璃はもちろんですと力強く彼の手を握り返した。

そして、瑠璃の両親が会場にやってきたのは、展覧会二日目の朝早くのことだった。

相変わらず父はムスッとした顔をしていたのだが、それとは反対に母は訪問着を着こなし、にこやかに瑠璃に手を振った。

両親と桃子に展覧会をするから来てほしいと、チケットを贈ったのは二週間ほど前のことになる。

まさか来てくれるとは思わなかったので、瑠璃は安心と不安がごちゃ混ぜになった複雑な心境だ。

「あの、来てくれてありがとう……」

年末の一件以来実家には帰省していない。電話とメールのやり取りだけだったので、顔を合わせるととてつもなく気まずい思いがした。

「瑠璃、すごいわね。あなたの先生さん、こんな展覧会が開けるなんて」

母は瑠璃の気持ちを知ってか知らずか、近寄ってくるとまっすぐに瑠璃を見つめた。

「母さん、先生のこともあなたのことも、すごく誤解をしていたみたい」

「えっ？」

「あなたがちょっと人と違うのを、受け入れられなかったの」

瑠璃はいきなり話をされて、口を引き結んだ。

「この絵を描いた人も、きっと人と違う感性を持っているってわかるわ。でも、こんなに多くの人が来場して楽しそうにしている……人と違うことは、悪いことではないのよね」

「そーだよ母さん。全部同じだったらつまんないじゃん？」

多様性ってやつ、と桃子は得意げだ。

「本当はまだ怖いわ。でも、あなたを一人前だって認めようと思って。母親であるけれど、親子以前に人と人として向き合うべきだって気がついたの」

「母さん……」

瑠璃の胸がいっぱいになるのと、桃子がこっちに来てと呼ぶのが同時だった。

「へえ、本物ってやっぱり違うんだね。これ見て、本当に生きているみたい」

桃子は作品に顔を寄せ、素晴らしい技巧に舌を巻いていた。

龍玄の細やかで柔らかい筆さばきは、妙にリアルであるにもかかわらず、気持ち悪さを連想させせない。

もちろん、もののけが見えているからこそ描けるものだが、そこは伏せてどういう筆を使って描いているか、材料はなにかを解説しながら一緒に会場を回った。

母と桃子の二人がおしゃべりをしながら食い入るように作品を見ているのに対して、

父はずっと無言のままだ。疲れたのか、広い会場の真ん中に設置された椅子に座って、父はゆっくりし始める。

瑠璃は母と桃子から離れて、そっと父の横に腰を下ろした。

「――これが、瑠璃の勤め先の人の絵か？」

来てくれてありがとうと伝えようとするより早く、父が正面の大きな作品から目をそらさないまま重たい口を開いた。

「え、うん……」

「……不気味だ。非常に、不気味だ」

作品を見て受け取る感情は人それぞれだ。

だがそれでも、龍玄と瑠璃が見ていた世界そのものを否定されたような気持ちになって、言葉が出てこない。

心臓がぎゅっと縮こまってしまって、瑠璃は黙り込んだ。

しかし、しばらく気まずい沈黙が続いたあと、父は作品から視線を少しもずらさないまま大きく息を吐いた。

「……だが、悪くない。こんな世界があってもいいのかもしれない」

「え……――？」

瑠璃は驚いて父の横顔を凝視した。

相変わらず視線はそのままだったが、瞳には言葉に含まれるような毒気はない。

「瑠璃にも、この世界が見えているのか？」

父の横顔に刻まれたしわを見て、ハッとした。まさか、と全身の血が沸騰するかのような感覚になる。

「……私には、見えないの。聞こえているだけで……」

意を決して放った声は、小さく震えて言葉尻がかすれてしまった。

「そうか──父さんも瑠璃と同じだ」

「…………っ‼」

「私の母親、瑠璃からしたらばあちゃんも、同じだった」

瑠璃は穴が開くほどその横顔を見つめた。

いつの間にか白髪が混じる髪に、引き結んだ口の横の厳しさを体現したしわ。じっと見つめたことはなかったが、たくさん苦労をしてきただろう横顔だった。

「待って父さん。奇妙な絵を描く人だって……今も不気味って言ったじゃない」

少しだけ語気を荒くしながら、辺りをきょろきょろ見回して瑠璃は父に近づく。

「ああ。私には見えないからな」

観念して吐き出すように呟くと、父は優しい笑顔で瑠璃を見つめた。眼鏡の奥から、ぬくもりのあるまなざしが届く。

「こんな世界なんだな、私達が『聞いている』世界は」

「まさか本当に、父さんも……」

肯定の意を込めた笑顔を向けられると、瑠璃は目から涙が溢れそうになって必死にまばたきを繰り返す。

「だって、父さん今まで一度も……」

「つらかっただろう、瑠璃。人に理解されず、私もずいぶんと苦しんだ。こんな思いをさせたくなかったから……幻だ、幻聴だと瑠璃には言い聞かせようとしていた」

瑠璃は涙が視界を滲ませるのを感じて、ぎゅっと下唇を噛みしめてこらえようとした。

「結果、瑠璃自身が苦しむとは思ってもいなかった――……すまないね」

瑠璃は大きく首を横に振る。

「普通の子に育てたかったんだよ。でも、これが私達の『普通』の世界だ。奇妙な生き物がいる、彼らの『声』が聞こえる……悪い世界じゃない」

今までの苦しみが一気に解放され、そして、胸が感動で苦しく、熱くなっていた。

「うん。この世界が、私も好き」

「いい人の元で働いているようだ。しっかりと仕事を頑張りなさい」

瑠璃、良かったな。その一言に、たまらず瑠璃の目から涙が流れた。

肩に手を置いていた父がふと会場の片隅に顔を向ける。視線を感じて、瑠璃も父の目線の先を追った。

(――………先生)

瑠璃を見守るように龍玄が奥で立っていて、なにも言わずに深々とお辞儀をした。

それに返すように、父も立ち上がって礼をする。

顔を上げた龍玄の優しい笑顔に、瑠璃は泣き笑いになってしまった。口元に笑みを残したまま、龍玄はその場をあとにして下がっていった。

「いい人じゃないか。もののけのわかる人に、悪い人はいないよ」

「あはは、父さん……!」

泣き笑いを隠したくて抱きつくと、もう大人なんだからと文句が聞こえてくる。しかし、言葉とは反対に頭を優しく撫でる手が伸びてきて、瑠璃は胸がいっぱいになった。

「よろしく頼むよ、瑠璃にいつもくっついているもののけくん。また、報告しにきておくれ」

『ああ。任しといてや』

瑠璃が泣き止む頃、いつの間にか母も桃子もやってきて、しばらくみんなでおしゃべりをしながら展覧会を楽しんだ。

帰り際、家族を見送ろうと手を振った時には、忙しいのに龍玄も来て改めて挨拶をしてくれる。

家へ帰っていく家族の後ろ姿を見ると、寂しさとやる気の両方がせりあがってくる。

「俺達も帰るか――うるさい奴らが帰りを待っているだろうからな」

龍玄が暗くなり始めた空を見ながら告げる。

「はい、帰りましょう。私達のお家に」

「良かったな、瑠璃」

龍玄のホッとした呟きに、瑠璃は頷く。今一度家族が去っていった方角を見つめてから、頑張ろうと瑠璃は笑顔になった。

(――帰ろう)

龍玄のあとを追って、瑠璃は小走りになる。

帰ろう……もののけ達の居るところに。そこが、瑠璃の帰る家なのだから。

エピローグ

会期中は、あまりにも忙しない毎日に目が回りそうになった。それなのに、いざ終わってみると驚くほどにあっけなかったと思わざるを得ない。

一瞬にして時が走り去っていくのを実感していた。

二週間という会期を終えて、気がつけばへとへとになっていた。

「忙しくて、なにがなんだかさっぱりでした……」

結局、ゆっくりできる暇はなく、瑠璃も出ずっぱりに近い状態だった。

さらにお屋敷の掃除や日々の家事、加えてお弁当も作って出かけなくてはいけない。

帰宅して用事を済ますと泥のように眠る日々だった。

「先生はすごいです、あんな怒涛《どとう》の生活を平気でこなすなんて」

「俺は挨拶しかしてないからな」

瑠璃はまあたしかに、と肩をすくませた。

龍玄の原画は飛ぶように売れ、あっという間に完売となった。作品集も多くが売れ、この二週間で龍玄がいったいどれだけ稼いだのか、まるで想像ができなかった。

「楽しかったです、夢みたいでした」

原画が手元から旅立つのは少し寂しい気もしたが、きっと新しいところで美しく人の心を照らし出してくれるだろう。

暖かくなってきた外の空気を吸いながら、作業部屋の前に広がる広縁で、瑠璃と龍玄は一休みをしていた。

「日向ぼっこするには気持ちがいいですね。ここでお昼寝したくなります」

「瑠璃までここで寝るなよ。もののけだけで十分だ。いつもこいつらを蹴とばさないか注意しながら歩くのも疲れる」

「人ももののけも、思うことは一緒っていうことですね」

うーんと大きく伸びをしてから、瑠璃は晴れ渡った青空を見つめた。雲が一つもなく、ただただ澄み切った青空はまるで絵の具を流し込んだかのように清らかだ。

「……ありがとう」

ぽつりと、それは筆から水滴が滴るかのように紡がれた。瑠璃が龍玄の呟きに気がついて彼を見つめると、穏やかな眼差しで微笑み返される。

「私、なにかしましたっけ？」

「いや……いいんだ。なんでもないさ」

龍玄が瑠璃の頭をポンポンと撫でて、そして庭先から青空へ目を向けた。

「先生、これからもよろしくお願いしますね」

「ああ」

「次はなにを描くんですか？」

「そうだな……」

『たーいへんだー！』

突然桔梗の声が聞こえてきて、瑠璃は目を丸くしながら背筋を伸ばす。龍玄が顔をしかめながらなにかを手のひらでキャッチした。恐らく、桔梗が飛び込んできたのだろう。

『大仏池《だいぶついけ》の河童《かっぱ》の皿が割れて、そこいらじゅう大騒ぎしとるで！　あのままやったら死んでまう。龍玄、どうにかしてやって！』

瑠璃が切羽詰まった桔梗の訴えをそのまま伝えると、龍玄は目を真ん丸にする。

「河童《かっぱ》……？」

「そう言ってますよ。河童《かっぱ》っているんですね」

『悠長なこと言わんといて。もう運ぶように伝えたから、しばらくしたら来るで』

瑠璃が慌てると龍玄が眉間に深いしわを刻む。

「おい、いきなりそんな怪我もののけを連れてこられても困るぞ。俺は医者じゃな――」

龍玄の声を遮るようにして、門の方が一気に騒がしくなった。瑠璃はあまりのざわめきに耳を塞ぎかけ、そちらを向いた龍玄がさらに眉根を盛大に寄せる。

「まさか先生……本当に来てるんですか？」

「ああ、俺も初めて見たけど……まさしく河童《かっぱ》だな」

龍玄は桔梗を瑠璃の頭に戻すと、ふうと大きく息を吐いてから、大きな伸びをした。

「先生、助けてあげるんですか？」

瑠璃が見上げると、にやりと不敵な笑みが返ってくる。

「ああ。次は、河童《かっぱ》でも描くとするかな」

その言葉にぽかんと口を開けてから、思わず笑ってしまった。

「題名は『河童《かっぱ》の恩返し』になりそうですね」

「俺達にしかできないことをやっていくしかないんだ、人生なんてものは」

龍玄は面倒そうにしながら、玄関へ向かっていく。そして見るんじゃなかったと言いたそうに、片手で顔を覆ってぶすっとした。

「うん、頑張ろう。私らしく、生きていくしかないもんね」

瑠璃も立ち上がると、気合いを入れる。

『せやで。無理せんと、人間の人生なんて短いんやから。日々大事にしい』

フクの声に瑠璃は「うん！」と大きく返事をしてから、河童《かっぱ》の通訳をするために龍玄のあとを追いかけた。

煌びやかな女の園『月華後宮』。国のはずれにある雲蛍州で薬草姫として人々に慕われている少女・虞凛花は、神託により、妃の一人として月華後宮に入ることに。父帝を廃した冷徹な皇帝・紫曄に嫁ぐ凛花を憐れむ声が聞こえる中、彼女は己の後宮入りの目的を思い胸を弾ませていた。凛花の目的は、皇帝の寵愛を得ることではなく、自らの最大の秘密である虎化の謎を解き明かすこと。
後宮入り早々、その秘密を紫曄に知られてしまい焦る凛花だったが、紫曄は意外なことを言いだして……？
あらゆる秘密が交錯する中華後宮物語、ここに開幕！

◎定価：726円（10%税込み）

●illustration:カズアキ

妾腹の生まれのため義母から疎まれ、厳しい生活を強いられている莉珠《りじゅ》。なんとかこの状況から抜け出したいと考えた彼女は、後宮の宮女になるべく家を出ることに。ところがなんと宮女を飛び越して、皇帝の妃に選ばれてしまった！　そのうえ後宮には妖《あやかし》たちが驚くほどたくさんいて……

◉各定価：726円（10％税込）　◉Illustration：ボーダー

鬼束くんと
神様のケーキ
Onitsuka-kun and God's Cake
御守いちる
Ichiru Mimori
神様やあやかしたちのお悩みも、
強面パティシエの
絶品ケーキで
ほっこり解決!!
突然住む家を失った大学一年生の綾辻《あやつじ》桜《おう》花《か》。ひょんなことから、同じ大学に通う、乱暴者と噂の鬼束《おにつか》真《ま》澄《すみ》がパティシエをつとめるケーキ屋「シャルマン・フレーズ」で、住み込みで働くことになったのだが……実は「シャルマン・フレーズ」には、ある秘密があった。それは、神様やあやかしたちが、お客さんとしてやってくるというもので——
◎定価：726円（10%税込）　◎ISBN 978-4-434-30735-5　◎Illustration：秦なつは

大正十四年、銀座。とあるカフェーで女給の千歳は窃盗事件に巻き込まれる。そこに現れたのは、事件解決のために呼ばれた探偵である兎田《うさいだ》谷《や》朔《はじめ》という男。彼の華麗な推理で、事態は収束。大団円かと思いきや――
「解決さえすりゃ真実なんかいらないのさ」
なんとその推理内容は、兎田谷自身が組み立てたでっち上げの真実だった！　口八丁でどんな事件も丸く収める、異色の探偵兼小説家が『嘘』を武器に不可思議な依頼に挑む。

◎定価：726円（10%税込）　◎ISBN 978-4-434-30555-9

◎illustration：新井テル子

愛憎渦巻く後宮で
武闘派夫婦が手を取り合う!?

自国で虐げられ、敵国である湖紅国《ここうこく》に嫁ぐことになった行き遅れ皇女・劉翠玉《りゅうすいぎょく》。彼女は敵国へと向かう馬車の中で、自らの運命を思いポツリと呟いていた。翠玉の夫となるのは、湖紅国皇帝の弟であり、禁軍将軍でもある男・紅冬隼《こうとうしゅん》。翠玉は、愛されることは望まずとも、夫婦として冬隼と信頼関係を築いていきたいと願っていた。そして迎えた対面の日……自らの役目を全うしようとした翠玉に、冬隼は冷たい一言を放ち――?

チグハグ夫婦が織りなす後宮物語、ここに開幕!

定価:726円(10%税込み)　ISBN 978-4-434-30557-3

Illustration:憂

生贄の娘は、鬼に愛され華ひらく

天涯孤独で養護施設で育った里穂《りほ》。ある日、名門・花菱《はなびし》家に養女として引き取られるも、そこで待っていたのは、周囲の皆から虐めを受ける過酷な日々だった。そして十七歳の誕生日、里穂はあやかしの「生贄」となるよう養父から告げられる。だが、絶望する里穂に、迎えに来たあやかしは告げた。里穂は「生贄」ではなく、あやかしの帝の「花嫁」になるのだと——

各定価:726円(10%税込)

イラスト:セカイメグ

憑かれた私とワケあり小料理屋

Shinya no Haitoku Ayakashi meshi
深夜の背徳あやかし飯

ミズメ
Mizume

神様のごはんで、今夜も心まで満腹です！

仕事で落ち込んでいたOLの若葉は、
見慣れない小料理屋を見つける。
そこで不思議な雰囲気のイケメン店主・千歳と
謎のモフモフ子狐と出会う。千歳曰く、
ここはあやかしが集まる店で、この子狐は若葉に
取り憑いているらしい……。混乱する若葉だが、
疲れた心に染みわたる千歳の美味しい料理と、
愛くるしい子狐の虜になってしまい―!?
ほっこり美味な神様印のあやかし飯、今宵も開店！

神様のごはんで、今夜も心まで満腹です！

第4回ネット小説大賞 大賞受賞作

ほんとのOLさんはよふかし千歳の
ホッコリ染みる愛しい日々。

◉定価：726円（10%税込）　◉978-4-434-30558-0　◉イラスト：細居美恵子

店長を務めていた雑貨屋が閉店となり、意気消沈していた真璃《まり》。ある夜、つい飲みすぎて居眠りし、電車を乗り過ごして終点の京都まで来てしまった。仕方なく、祇園《ぎおん》の祖母の家を訪ねると、そこには祖母だけでなく、七福神の恵比寿を名乗る謎の青年がいた。彼は、祖母が営む和雑貨店『七福堂《しちふくどう》』を手伝っているという。隠居を考えていた祖母に頼まれ、真璃は青年とともに店を継ぐことを決意する。けれど、いざ働きはじめてみると、『七福堂』はただの和雑貨店ではないようで——

◉定価：726円（10%税込）　◉ISBN:978-4-434-30325-8　◉Illustration：睦月ムンク

この作品に対する皆様のご意見・ご感想をお待ちしております。

おハガキ・お手紙は以下の宛先にお送りください。

【宛先】

〒150-6008 東京都渋谷区恵比寿 4-20-3 恵比寿ｶﾞｰﾃﾞﾝﾌﾟﾚｲｽﾀﾜｰ 8F
（株）アルファポリス　書籍感想係

メールフォームでのご意見・ご感想は右のＱＲコードから、
あるいは以下のワードで検索をかけてください。

アルファポリス　書籍の感想　検索

ご感想はこちらから

アルファポリス文庫

もののけ達《たち》の居《い》るところ ～ひねくれ絵師《えし》の居候《いそうろう》はじめました～

神原オホカミ（かんばら おおかみ）

2022年 9月 25日初版発行

編　集－古屋日菜子・森 順子
編集長－倉持真理
発行者－梶本雄介
発行所－株式会社アルファポリス
〒150-6008 東京都渋谷区恵比寿4-20-3 恵比寿ｶﾞｰﾃﾞﾝﾌﾟﾚｲｽﾀﾜｰ8F
TEL 03-6277-1601（営業）　03-6277-1602（編集）
URL https://www.alphapolis.co.jp/
発売元－株式会社星雲社（共同出版社・流通責任出版社）
〒112-0005 東京都文京区水道1-3-30
TEL 03-3868-3275
装丁イラスト－夢子
装丁デザイン－徳重 甫＋ベイブリッジ・スタジオ
印刷－中央精版印刷株式会社

価格はカバーに表示されてあります。

落丁乱丁の場合はアルファポリスまでご連絡ください。

送料は小社負担でお取り替えします。


ISBN978-4-434-30860-4 C0193